Miedo y asco en Las Vegas

Hunter S. Thompson

Miedo y asco en Las Vegas

Un viaje salvaje al corazón
del Sueño Americano

Traducción de
J. M. Álvarez Flórez y Ángela Pérez

EDITORIAL ANAGRAMA
BARCELONA

Título de la edición original:
Fear and Loathing in Las Vegas
A Savage Journey to the Heart of the American Dream
Straight Arrow Publisher Inc., 1971

Ilustración: © Cristóbal Fortúnez

Primera edición en «Contraseñas»: 1987
Primera edición en «Compactos»: junio 2003
Segunda edición en «Compactos»: enero 2006
Tercera edición en «Compactos»: marzo 2007
Cuarta edición en «Compactos»: marzo 2009
Quinta edición en «Compactos»: octubre 2010
Sexta edición en «Compactos»: febrero 2012
Séptima edición en «Compactos»: marzo 2013
Octava edición en «Compactos»: septiembre 2015
Novena edición en «Compactos»: noviembre 2016
Décima edición en «Compactos»: enero 2018
Undécima edición en «Compactos»: enero 2019
Duodécima edición en «Compactos»: abril 2021
Decimotercera edición en «Compactos»: junio 2024

Diseño de la colección: Julio Vivas y Estudio A

© EDITORIAL ANAGRAMA, S. A. U., 2002
  Pau Claris, 172
  08037 Barcelona

ISBN: 978-84-339-2645-6
Depósito legal: B. 3113-2024

Printed in Spain

Liberdúplex, S. L. U., ctra. BV 2249, km 7,4 - Polígono Torrentfondo
08791 Sant Llorenç d'Hortons

A Bob Geiger,
por motivos que no es necesario
explicar aquí,
y a Bob Dylan,
por Mister Tambourine Man

Aquel que se convierte en una fiera se libra del dolor de ser hombre.

DR. JOHNSON

Primera parte

1

Estábamos en algún lugar de Barstow, muy cerca del desierto, cuando empezaron a hacer efecto las drogas. Recuerdo que dije algo así como:

–Estoy algo volado, mejor conduces tú...

Y de pronto hubo un estruendo terrible a nuestro alrededor y el cielo se llenó de lo que parecían vampiros inmensos, todos haciendo pasadas y chillando y lanzándose en picado alrededor del coche, que iba a unos ciento sesenta por hora, la capota bajada, rumbo a Las Vegas. Y una voz aulló:

–¡Dios mío! ¿Qué son esos condenados bichos?

Luego, se tranquilizó todo otra vez. Mi abogado se había quitado la camisa y se echaba cerveza por el pecho para facilitar el proceso de bronceado.

–¿Qué diablos andas gritando? –murmuró, mirando fijamente hacia arriba, hacia el sol, los ojos cerrados y protegidos con unas de esas gafas españolas envolventes.

–No es nada –dije–. Te toca conducir a ti.

Pisé el freno y enfilé el Gran Tiburón Rojo hacia el borde de la carretera. Pensé que no tenía objeto mencionar aquellos vampiros. Muy pronto los vería el pobre cabrón.

Era casi mediodía, y aún teníamos que recorrer más de ciento sesenta kilómetros. Sería duro. Sabía que muy pronto estaríamos los dos volados del todo. Pero no había marcha atrás ni tiempo para descansar. Tendríamos que seguir. La inscripción de prensa para la fabulosa Mint 400 estaba ya en marcha, y teníamos que llegar allí a las cuatro para reclamar nuestra suite insonorizada. Una famosa revista deportiva de Nueva York se había cuidado de las reservas, y también de aquel inmenso Chevrolet descapotable rojo que acabábamos de alquilar en un sitio de Sunset Strip... y, en fin, yo era realmente un periodista profesional; así que tenía la obligación de *hacer el reportaje,* fuese como fuese.

Los de la revista deportiva me habían dado también trescientos dólares en metálico, la casi totalidad de los cuales estaba ya gastada en drogas extremadamente peligrosas. El maletero del coche parecía un laboratorio móvil de la sección de narcóticos de la policía. Teníamos dos bolsas de hierba, setenta y cinco pastillas de mescalina, cinco hojas de ácido de gran potencia, un salero medio lleno de cocaína, y toda una galaxia de pastillas multicolores para subir, para bajar, para chillar, para reír... y, además, un litro de tequila, un litro de ron, una caja de cervezas, medio litro de éter puro y dos docenas de amyls.[1]

Habíamos recogido todo esto la noche antes en un frenético recorrido a toda pastilla por el condado de Los Ángeles: de Topanga a Watts agarramos todo lo que se nos puso a mano. No es que *necesitásemos* todo aquello para el viaje, pero en cuanto te metes a hacer una recolección seria de drogas, tiendes a reunir las más posibles.

A mí lo único que realmente me fastidiaba era el éter. No hay cosa en el mundo más desvalida, irresponsable y depravada que un hombre sumido en las profundidades de un colocón de éter. Y sabía muy bien que empezaríamos muy pronto con aquella mierda podrida. Probablemente en la siguiente gasolinera. Habíamos probado casi todo lo demás. Y ahora... sí, era el momen-

---

1. Nitrato de amilo. Vasodilatador que, inhalado, se utiliza en enfermedades cardíacas y como estimulante sexual. *(N. de los T.)*

to para un buen pelotazo de éter. Y luego a hacer los ciento cincuenta kilómetros siguientes en un horrible y balbuciente estado de estupor espasmódico. La única forma de mantenerse alerta con éter es añadirle muchos amyls... no todos de una vez, pero sí con cierta constancia, justo lo suficiente para mantener el foco a ciento cuarenta kilómetros por hora cruzando Barstow.

—Amigo, esto es viajar —dijo mi abogado.

Se inclinó para subir el volumen de la radio, tarareando el ritmo y como gimiendo la letra: «Una calada sobre la marcha, Dios mío... una calada sobre la marcha...»

¿Una calada? ¡Pobre imbécil! Espera que veas esos malditos vampiros. Yo apenas podía oír la radio... Espatarrado en el extremo del asiento, luchando con un magnetófono puesto a toda potencia con «Sympathy for the Devil». Era la única cinta que teníamos, así que la oíamos constantemente, una y otra vez, como una especie de demencial contrapunto de la radio. Y también para mantener nuestro ritmo en la carretera. El llevar una velocidad constante es bueno para controlar la gasolina... y, por alguna razón, esto nos parecía importante entonces. Muy importante. En un viaje así, *debe* controlarse muy bien el consumo de gasolina. Evitar esos acelerones bruscos que amontonan la sangre en la parte posterior del cerebro. Mi abogado vio al autostopista antes que yo.

—Vamos a llevar a ese chaval —dijo, y antes de que yo pudiese oponer ningún argumento, había parado y aquel pobre chico corría hacia el coche muy sonriente, diciendo:

—¡Demonios! ¡Es la primera vez que monto en un descapotable!

—¿De veras? —dije—. Bueno, pues ya era hora, ¿no?

El chico cabeceó animoso y salimos zumbando.

—Nosotros somos tus amigos —dijo mi abogado—. No como los otros.

Oh, Dios mío, pensé, ya estamos.

—Corta ese rollo —dije ásperamente—. O te pongo las sanguijuelas.

Él sonrió y pareció entender. Por suerte, el ruido era tan espantoso en el coche (entre el viento y la radio y el magnetófono) que desde el asiento trasero, el chaval no podía oír una sola palabra de lo que decíamos. ¿O podía?

¿Cuánto tiempo podremos *aguantarnos?* Me preguntaba yo. ¿Cuándo empezará uno de los dos a soltarle incoherencias y desvaríos al chico? ¿Qué pensará él entonces? Aquel mismo desierto solitario era el último hogar conocido de la familia Manson. ¿Establecería la lúgubre conexión cuando mi abogado empezase a aullar que caían vampiros e inmensas rayas voladoras sobre el coche? En tal caso... en fin. Tendríamos que cortarle la cabeza al chaval y enterrarlo por allí en algún sitio. Porque ni qué decir tiene que no podíamos dejarle libre. Nos denunciaría inmediatamente a cualquiera de los cuerpos policiales nazis de la zona y nos perseguirían como perros.

¡Dios mío! ¿*Dije* yo eso? ¿O sólo lo pensé? ¿Hablaba? ¿Me oirían? Miré a mi abogado, pero éste parecía abstraído, miraba la carretera, conduciendo nuestro Gran Tiburón Rojo a ciento ochenta o así. Del asiento trasero no llegaba sonido alguno.

Quizá sea mejor charlar un poco con este chaval, pensé. Quizá si le *explicase* cosas se tranquilizaría.

Claro. Me volví y le dirigí una majestuosa sonrisa... admirando la forma de su cráneo.

—Por cierto —dije—, debes saber una cosa.

Me miraba fijamente, sin pestañear. ¿Estaba rechinando los dientes?

—¿Me *oyes?* —grité.

Asintió.

—Pues bien —dije—. Quiero que sepas que vamos camino de Las Vegas en busca del Sueño Americano.

Sonreí.

—Por eso alquilamos este coche —añadí—. Era el único medio de conseguirlo. ¿Lo entiendes?

Él asintió otra vez, pero me miraba muy nervioso.

—Quiero que tengas todos los datos, los antecedentes —dije—. Porque se trata de una cosa bastante siniestra... con posibilidad de peligro personal extremo..., demonios, se me había olvidado la cerveza. ¿Quieres una?

Meneó la cabeza.

—¿Y un poco de éter? —dije.

—¿Qué?

—No, nada, nada. Vayamos directamente al grano. Mira, hace veinticuatro horas estábamos sentados en el Polo Lounge del Beverly Hills Hotel... en el jardín, por supuesto... y acabábamos de sentarnos allí debajo de una palmera cuando se me acercó aquel enano uniformado con un teléfono color rosa y dijo: «Debe de ser la llamada que lleva usted tanto tiempo esperando, señor.»

Solté una risotada y abrí bruscamente una lata de cerveza, que derramó un montón de espuma por el asiento trasero, y seguí diciendo:

—Y sabes... ¡tenía razón el tipo! Estaba *esperando* aquella llamada, pero no sabía quién me llamaría, ¿entiendes?

La cara del chaval era una máscara del más puro miedo y desconcierto.

Seguí machacando:

—Quiero que sepas que este tipo que va al volante es ¡mi *abogado!* No es un mierda cualquiera que me haya encontrado por ahí en la calle. ¡Mírale, demonios! ¿Parece un tipo como tú y como yo? ¿Verdad que no? Eso es porque es extranjero. Creo que debe de ser samoano. Pero eso da igual, ¿tú tienes prejuicios?

—¡No, no, yo qué va! —masculló él.

—Ya me parecía —dije—. Porque, a pesar de su raza, este hombre es para mí muy valioso, muchísimo.

Eché una mirada a mi abogado, pero su mente estaba en otro sitio.

Golpeé el respaldo del asiento del conductor con el puño.

—¡Esto es *importante!* Maldita sea. ¡Es un verdadero *reportaje!*

El coche dio unos angustiosos bandazos, luego se enderezó.

–¡Quítame las manos del cuello! –gritó mi abogado.

El chaval del asiento trasero parecía dispuesto a saltar en marcha, a correr cualquier riesgo.

Nuestras vibraciones estaban haciéndose desagradables... pero, ¿por qué? Me sentía desconcertado, frustrado. ¿Es que no había comunicación en aquel coche? Habíamos degenerado hasta el nivel de *torpes bestias*.

Porque mi historia *era* cierta. De eso estaba seguro. Y era de la máxima importancia, creía yo, que el *significado* de nuestro viaje quedase clarísimo. Era cierto que estábamos allí sentados en el Polo Lounge, que llevábamos varias horas bebiendo Singapore Slings con mezcal y cerveza para suavizar. Y cuando llegó la llamada, yo estaba preparado.

El enano se acercó cauteloso a nuestra mesa, lo recuerdo muy bien, y cuando me entregó el teléfono rosa yo no dije nada, sólo escuché. Luego colgué y me volví a mi abogado.

–Era de la oficina central –dije–. Quieren que vaya a Las Vegas inmediatamente y me ponga en contacto con un fotógrafo portugués llamado Lacerda. Él sabe los detalles. Lo único que tengo que hacer es esperar en el hotel a que él vaya a buscarme.

Mi abogado estuvo un momento sin decir nada y luego, de pronto, revivió en su asiento.

–¡Demonios! –exclamó–. Creo que ya veo el asunto. ¡Esto suena a problema grave!

Se embutió la camiseta caqui en los pantalones de rayón, blancos y acampanados, y pidió más bebida.

–Necesitarás mucho asesoramiento jurídico mientras esto dure –dijo–. Y mi primer consejo es que alquiles un coche descapotable muy rápido y que salgas a toda prisa de Los Ángeles y no aparezcas en cuarenta y ocho horas por lo menos.

Luego movió lúgubremente la cabeza y añadió:

–Con esto se va al carajo mi fin de semana, porque, naturalmente, tendré que ir contigo... y tendremos que armarnos.

–¿Por qué no? –dije–. Si hay que hacer una cosa como ésta, hay que hacerla bien. Necesitaremos equipo decente y mucha pasta en efectivo... aunque sólo sea para drogas y para un magnetófono supersensible, para conseguir un buen registro permanente.

–¿Y qué acontecimiento es el que hay que cubrir? –preguntó.

–La Mint 400 –dije–. Es la mejor carrera de motocross para motos y todoterrenos de la historia del deporte organizado..., un espectáculo fantástico en honor de un puerco *grosero* llamado Del Webb, que es propietario del lujoso Mint Hotel, que está en el mismísimo corazón de Las Vegas... al menos, eso es lo que dice la información de prensa; mi hombre de Nueva York me leyó el artículo.

–Bueno –dijo–, como abogado tuyo, te aconsejo que compres una moto. ¿Cómo podrías si no cubrir como es debido algo así?

–De ninguna manera –dije–. ¿Dónde podríamos conseguir una Vincent Black Shadow?

–¿Qué es eso?

–Una moto fantástica –dije–. El nuevo modelo tiene unas dos mil pulgadas cúbicas, desarrolla doscientos caballos de potencia a cuatro mil revoluciones por minuto. Tiene un bastidor de magnesio con dos asientos de espuma rígida y un peso total de 90 kilos justos.

–Pues parece ideal para este asunto –dijo.

–Lo es –le aseguré–. La cabrona no es nada del otro mundo en las curvas, pero es el diablo en línea recta. Es capaz de superar al F-111 antes del despegue.

–¿Despegue? –dijo él–. ¿Y podremos manejar tanto motor?

–Desde luego –dije–. Llamaré a Nueva York pidiendo más pasta.

2. CÓMO LE SACAMOS 300 DÓLARES A UNA PUERCA EN BEVERLY HILLS

La oficina de Nueva York no estaba familiarizada con la Vincent Black Shadow: me remitieron a la oficina de Los Ángeles... que en realidad está en Beverly Hills, a sólo unas cuantas manzanas largas del Polo Lounge. Pero cuando llegué allí, la mujer de la pasta se negó a darme más de 300 dólares en efectivo. No tenía ni idea de quién era yo, dijo, y yo, por entonces, sudaba ya muchísimo. Tengo la sangre demasiado espesa para California: nunca he sido capaz de explicarme bien en este clima. Al menos, cuando sudo a mares... y tengo los ojos inyectados en sangre y me tiemblan las manos.

Así que cogí los 300 dólares y me largué. Mi abogado estaba esperándome en el bar de la esquina.

—Con esto no hacemos nada —dijo—, a menos que tengamos crédito ilimitado.

Le aseguré que lo tendríamos.

—Vosotros los samoanos sois todos iguales —le dije—. No tenéis fe en la honradez básica de la cultura del hombre blanco. Dios mío, hace sólo una hora estábamos sentados allí en aquel sitio apestoso, sin blanca, y paralizados para el fin de semana, y de pronto va y me llama un absoluto desconocido de Nueva York diciéndome que vaya a Las Vegas y que no me preocupe por los gastos... y luego me manda a una oficina de Beverly Hills, donde otra total desconocida me da trescientos billetes sin el menor motivo..., te lo aseguro, amigo mío, ¡éste es el Sueño Americano en acción! Seríamos tontos si no nos montásemos en este extraño torpedo y siguiésemos en él hasta el final.

–Tienes razón –dijo él–. *Debemos* hacerlo.

–De acuerdo –dije–. Pero lo primero que necesitamos es el coche. Y después del coche, la cocaína. Y luego un magnetófono para música especial y unas camisas Acapulco.

A mí me parecía que la única forma de preparar un viaje así era ataviarse como pavos reales humanos y enloquecer, luego cruzar aullando el desierto y *hacer el reportaje.* No hay que perder de vista nunca la responsabilidad básica.

Pero, ¿qué *era* el reportaje? Nadie se había molestado en decirlo. Así que tendríamos que montárnoslo nosotros mismos. Libre Empresa. El Sueño Americano. Horatio Alger se vuelve loco a causa de las drogas en Las Vegas. Hazlo *ya:* puro periodismo Gonzo.[1]

Estaba también el factor sociopsíquico. De vez en cuando, si la vida se complica y las comadrejas empiezan a acercarse, la única cura posible es atiborrarse de nefandas sustancias químicas y conducir como un cabrón de Hollywood a Las Vegas. *Relajarse,* como si dijéramos, en el claustro del sol del desierto. Simplemente bajar la capota y fijarla, untarse la cara con crema bronceadora y correr con la música a todo volumen y por lo menos medio libro de éter.

Con las drogas no hubo ningún problema, pero el coche y el magnetófono no fue fácil conseguirlos a las seis y media de la tarde de un viernes en Hollywood. Yo tenía ya un coche, pero era demasiado pequeño y muy lento para el desierto. Fuimos a un bar polinesio, y allí mi abogado hizo diecisiete llamadas hasta que localizó un descapotable de potencia adecuada y color aceptable.

---

1. Adjetivo que se inventa el autor para definir su propio tipo de periodismo. Véase a este respecto la entrevista al autor que aparece en el número de septiembre de 1977 de la revista *High Times. (N. de los T.)*

–Me interesa –le oí decir por teléfono–. Estaremos ahí para cerrar el trato dentro de media hora.

Luego, después de una pausa, empezó a gritar:

–¿Qué? *¡Claro hombre,* este caballero tiene una tarjeta de crédito de primera clase! ¿Pero es que no te das cuenta de con quién estás hablando?

–No le consientas nada a ese cerdo –dije, mientras él colgaba–. Ahora necesitamos el mejor equipo de sonido. Tiene que ser de primera. Uno de los nuevos Heliowatts belgas. Con un micrófono de esos que se activan con la voz, para recoger las conversaciones de los coches que se acercan.

Hicimos otras cuantas llamadas y localizamos por fin nuestro equipo en un almacén situado a unos ocho kilómetros de donde estábamos. Estaban cerrando, pero el vendedor dijo que esperaría, si nos dábamos prisa. Pero nos demoramos en ruta porque un Stingray mató delante de nosotros a un peatón en Sunset Boulevard. Cuando llegamos el almacén estaba cerrado. Había gente dentro, pero se negaban a acercarse a aquella puerta de cristal doble. Hasta que dimos unos cuantos golpes y aclaramos nuestras intenciones.

Por fin, dos empleados se acercaron a la puerta blandiendo desmontadores de neumáticos y conseguimos negociar la venta a través de una pequeña ranura. Luego, abrieron la puerta lo suficiente para arrastrar fuera el equipo, después dieron un portazo y trancaron de nuevo.

–Y ahora cojan eso y lárguense de aquí –gritó uno de ellos a través de la ranura.

Mi abogado les amenazó con el puño.

–Volveremos –gritó–. ¡ El día menos pensado tiro una bomba a este sitio! ¡Tengo tu nombre en esta tarjeta! ¡Me enteraré de dónde vives y te quemaré la casa!

Luego, mientras nos alejábamos en el coche, murmuró:

–Eso le preocupará. De todos modos, el tipo es un psicótico, un paranoico. Los identificas enseguida.

Volvimos a tener problemas en la agencia de alquiler de coches. Después de firmar todos los documentos entré en el coche y estuve a punto de perder el control cuando cruzaba marcha atrás el aparcamiento hacia el surtidor de gasolina. Y claro, el de la agencia de alquiler se puso nervioso.

–Pero bueno... ejem... ustedes, amigos, serán *cuidadosos* con este coche, ¿no?

–Por supuesto.

–¡Bueno, bueno, está bien! –dijo–. ¡Pero acaba usted de pasar por encima de ese bordillo de hormigón que tiene treinta centímetros sin disminuir la velocidad! ¡Va usted a ochenta marcha atrás! ¡Y ha estado a punto de chocar contra el surtidor!

–El coche no se ha hecho nada –dije–. Siempre pruebo así la transmisión. La marcha atrás. Por los factores de tensión.

Entretanto, mi abogado estaba muy ocupado transfiriendo ron y hielo del Pinto al asiento trasero del descapotable. El de la agencia de alquiler le observaba muy nervioso.

–Bueno –dijo–, ¿andan ustedes bebiendo?

–Yo no –dije.

–Hay que llenar el depósito, amigo –replicó mi abogado–. Tenemos muchísima prisa. Vamos a Las Vegas para una carrera en el desierto.

–¿Qué?

–Nada, nada –dije–. Somos gente responsable.

Observé cómo cerraba el depósito de la gasolina y luego puse el trasto aquel en primera y nos metimos en el tráfico.

–Hay otro problema –dijo mi abogado–. Probablemente le guste mucho el speed.

–Sí, deberíamos darle unas cuantas pastillas.

–Las pastillas le valdrían de muy poco a un cerdo como ése –dijo él–. Que se joda. Tenemos muchas cosas que resolver antes de poder salir a la carretera.

–Me gustaría conseguir ropa de cura –dije–. Podría serme útil en Las Vegas.

No había tiendas de disfraces abiertas y no estábamos dispuestos a entrar a robar una iglesia.

—¿Para qué molestarse? —dijo mi abogado—. Además, ten en cuenta que muchos polis son buenos y fanáticos católicos. ¿Te imaginas lo que nos harían esos cabrones si nos enganchan drogados y borrachos perdidos con ropa de cura robada? ¡Nos castrarían, demonios!

—Tienes razón —dije—. Y, por favor, no fumes esa pipa en los semáforos. Piensa que es un riesgo muy grande.

Asintió.

—Necesitamos un narguile grande. Que podamos ponerlo aquí abajo en el asiento, donde nadie lo vea. Y si alguien lo ve, creerá que usamos oxígeno.

Pasamos el resto de la noche recogiendo material y cargando el coche. Luego tomamos la mescalina y fuimos a bañarnos al mar. Hacia el amanecer desayunamos en un café de Malibú, luego cruzamos muy tranquilos la ciudad y nos sumergimos en la autopista de Pasadena, amortajada de niebla, rumbo al Este.

3. EXTRAÑA MEDICINA EN EL DESIERTO... UNA CRISIS DE CONFIANZA

Estoy aún vagamente hechizado por el comentario de nuestro autostopista de que no había «montado nunca en un descapotable». Ahí está el pobre tío, viviendo en un mundo de descapotables que pasan sin parar zumbando delante suyo por las autopistas y él no ha *montado* nunca en ninguno. Me hizo sentirme como el rey Faruk. Tuve la tentación de hacer parar a mi abogado en el aeropuerto más próximo y redactar un contrato sencillo por el que pudiésemos sencillamente *darle* el coche a aquel pobre cabrón. Decir simplemente: «Toma, firma aquí y el coche es tuyo.» Darle las llaves y usar luego la tarjeta de crédito para largarnos en un reactor a algún sitio como Miami y alquilar otro inmenso descapotable rojo para emprender un viaje a toda velocidad, de isla en isla, sazonado con drogas, hasta acabar en Key West... y luego cambiar el coche por una embarcación. Y seguir ruta.

Pero esta idea loca pasó rápidamente. No tenía ningún sentido encerrar a aquel muchacho inofensivo... y, además, yo tenía *planes* para el coche. Me apetecía muchísimo cruzar Las Vegas deslumbrando a todos con aquel cacharro. Podía incluso hacer una pequeña carrera en el Strip: subir hasta aquel semáforo grande que hay frente al Flamingo y ponerme a gritar al tráfico:

–¡Está bien, so mierdas! ¡Maricones! ¡Cuando esa luz se ponga verde, voy a salir zumbando con este chisme y os barreré a todos de la carretera!

Eso mismo. Desafiar a los cabrones en su propio terreno. Llegar chirriando al cruce, saltando, derrapando, con una botella de ron en la mano y apretando el claxon a fondo para ahogar la música... vidriosos ojos demencialmente dilatados tras unas gafitas oscuras de montura dorada de *greaser*,[1] aullando incoherencias... un borracho verdaderamente *peligroso*, apestando a éter y a psicosis irremediable. Revolucionando el motor hasta un terrible, parloteante y agudo aullido, esperando que cambie el semáforo...

¿Cuántas veces se presenta una oportunidad así? Joder a los cabrones hasta el fondo del bazo. Los elefantes viejos van tambaleándose hasta las colinas a morir; los norteamericanos viejos salen a la autopista y se lanzan en busca de la muerte en coches inmensos.

Pero nuestro viaje era distinto. Era una afirmación clásica de todo lo justo y verdadero y decente del carácter nacional. Era un tosco y físico saludo a las fantásticas *posibilidades* de vida que hay en este país: pero sólo para los que son valientes de veras. Y a nosotros nos sobraba valor.

Mi abogado comprendía esta idea, pese a su inferioridad racial, pero nuestro autostopista no era individuo fácil de conectar. Él *decía* que entendía, pero, por su mirada, me daba cuenta de que no. Me mentía.

El coche se desvió bruscamente de la carretera y paramos derrapando sobre la grava. Me vi lanzado contra la guantera. Mi abogado se había tumbado encima del volante.

–¿Qué pasa? –grité–. No podemos parar *aquí*. ¡Es zona de vampiros!

–Es el corazón –gruño él–. ¿Dónde está la medicina?

–Ah –dije yo–, la medicina, sí. Aquí.

1. Jóvenes de clase baja del rollo de las motos, los coches trucados y la cerveza. También se llama así a los de origen mexicano o latino en general. *(N. de los T.)*

Hurgué en la bolsa-maletín buscando los amyls. El chaval parecía petrificado.

—No hay que preocuparse —dije—. Es que anda mal del corazón... angina de pecho. Pero tenemos con qué curarle. Aquí están.

Saqué cuatro amyls de la cajita metálica y le pasé dos a mi abogado. Hizo estallar uno inmediatamente debajo de la nariz y yo hice otro tanto.

Inspiró profundamente y se derrumbó en el asiento, mirando fijamente al sol.

—Sube esa maldita música —aulló—. ¡Tengo el corazón como un cocodrilo!

—¡Volumen! ¡Claridad! ¡Contrabajo! ¡Tiene que haber un contrabajo! —agitó los brazos desnudos hacia el cielo—. ¿Pero qué demonios nos pasa? ¡Parecemos *ancianitas!*

Puse la radio y el magnetófono atronando al máximo.

—Oye, pedazo de cabrón —dije—. ¡Vigila esa lengua! ¡Hablas con un doctor en periodismo!

Él se echó a reír descontroladamente.

—¿Qué cojones *hacemos* nosotros aquí en este desierto? —gritó—. ¡Que alguien llame a la policía! Necesitamos ayuda de inmediato!

—No hay que hacer caso a este cerdo —le dije al autostopista—. La medicina le desquicia. En realidad, *los dos* somos doctores en periodismo, y vamos a Las Vegas a hacer el reportaje más importante de nuestra generación.

Luego me eché a reír, a reír, a reír...

Mi abogado se volvió para mirar al autostopista.

—La verdad es —dijo— que vamos a Las Vegas a liquidar a un barón de la heroína que se llama Henry el Salvaje. Le conozco hace años, pero nos la ha jugado... y supongo que sabes lo que eso significa.

Quise cerrarle la boca, pero ninguno de los dos podía controlar la risa. ¿Qué coño hacíamos nosotros allí, en aquel desierto, estando como estábamos los dos enfermos del corazón?

–¡Henry el Salvaje ha hecho efectivo su cheque! –dijo mi abogado burlonamente al chaval del asiento de atrás.

–Le arrancaremos los pulmones.

–¡Y nos los comeremos! –solté yo–. ¡Ese cabrón va a pagarlas! ¿Adónde iría a parar este país si un mamón como ése pudiese engañar impunemente a un doctor en periodismo?

No hubo respuesta. Mi abogado abrió otro amyl y el chaval intentó salir del asiento trasero deslizándose por encima de la tapa del maletero.

–Gracias por el viaje –gritó–. *Muchísimas* gracias. Me *caéis muy bien*. No os preocupéis por *mí*.

En cuanto sus pies tocaron el asfalto, echó a correr de vuelta a Baker. Corriendo en medio del desierto sin un árbol a la vista.

–Espera, hombre –grité–. Vuelve y toma una cerveza.

Pero, al parecer, no me oía. Teníamos la música muy alta y él se alejaba a velocidad muy respetable.

–Buen viaje –dijo mi abogado–. Qué chaval más raro. Me ponía nervioso. ¿Viste que *ojos* tenía?

Aún seguía escapándosele la risa.

–Dios mío –añadió–. ¡Ésta sí que es una buena medicina!

Abrí la puerta y pasé al asiento del conductor, rodeando el coche.

–Vamos –dije–. Ahora conduzco yo. Tenemos que salir de California antes de que ese chaval avise a un poli.

–Mierda. Tardará horas –dijo mi abogado–. No hay nada en ciento sesenta kilómetros a la redonda.

–Tampoco para nosotros –dije.

–Demos la vuelta y vayamos al Polo Lounge –dijo él–. Allí nunca nos buscarán.

No hice caso.

–Abre el tequila –grité al tiempo que sentía aullar el viento; apreté a fondo el acelerador en cuanto volvimos a entrar en la autopista. Momentos después él examinaba el mapa.

—Hay un sitio cerca que se llama Mescal Springs —dijo—. Como abogado tuyo, te aconsejo que pares y nos demos un chapuzón.

Rechacé la idea con un gesto.

—Es absolutamente imperativo —dije— que lleguemos al Mint Hotel antes de que termine el plazo de inscripción de la prensa. Si no, tendríamos que pagar nosotros la suite.

Él asintió y dijo:

—Pero olvidémonos del cuento ese del Sueño Americano. Lo *importante* es el Gran Sueño Samoano —añadió hurgando en el maletín—. Creo que es hora de tomar un ácido. Hace ya mucho que se pasaron los efectos de esa mescalina barata y no sé si podré soportar otra vez el olor de ese jodido éter.

—A mí me *gusta* —dije—. Deberíamos empapar una toalla con él y ponerla en el suelo junto al acelerador, para que nos vayan subiendo los vapores a la cara durante todo el camino hasta Las Vegas.

Él estaba dando vuelta a la cinta. La radio aullaba «Poder para el pueblo... ¡ahora!» Canción política de John Lennon, con diez años de retraso.

—Ese pobre imbécil debería haberse quedado donde estaba —dijo mi abogado—. Los mierdas como él no hacen más que estorbar en el camino cuando intentan ser serios.

—Hablando de cosas serias —dije—. Creo que ya es hora de pasar al éter y a la cocaína.

—Olvida el éter —dijo él—. Dejémoslo para empapar la alfombra de la suite. Pero toma esto. Tu parte del ácido. No tienes más que masticarlo como si fuese chicle.

Cogí el papel y me lo comí. Mi abogado andaba hurgando en el salero de la cocaína, abriéndolo. Derramándolo. Luego se puso a aullar y a manotear en el aire, mientras nuestro delicado polvo blanco se desparramaba por la autopista del desierto. Un material muy caro el que iba desprendiendo nuestro gran Tiburón Rojo.

—¡Ay, Dios mío! —gimió—. ¿Viste lo que acaba de hacernos Dios?

—¡Eso no lo hizo Dios! —grité—. Lo hiciste tú. ¡Eres un agente de narcóticos cabrón! ¡Desde el principio me di cuenta de que estabas fingiendo, cerdo!

—Mucho ojo —dijo él.

Y vi de pronto que me apuntaba con un Magnum 357 gordo y negro. Uno de esos Colt Pythons chato de tambor biselado.

—Por aquí hay muchos buitres —dijo—. Dejarán tus huesos limpios antes de que amanezca.

—Maricón de mierda —dije yo—. Cuando lleguemos a Las Vegas te hago picadillo. ¿Qué crees que harán los de la Mafia de la Droga cuando aparezca con un estupa samoano?

—Nos matarán a los dos —dijo él—. Henry el Salvaje sabe quién soy. Soy tu abogado, demonios.

Luego, estalló en una risa salvaje.

—Estás cargado de ácido, imbécil —dijo—. Será todo un milagro que consigamos llegar al hotel e inscribirnos antes de que te conviertas en un animal salvaje. ¿Estás preparado para eso? ¿Estás preparado para inscribirte en un hotel de Las Vegas con un nombre falso con el propósito de cometer un importante fraude y con la cabeza llena de ácido?

Se rió de nuevo, luego acercó la nariz al salero, hundiendo en el polvo restante el delgado canutillo verde hecho con un billete de veinte dólares.

—¿Cuánto nos falta? —dije.

—Pues unos treinta minutos —contestó él—. Como abogado tuyo, te aconsejo que conduzcas a velocidad máxima.

Las Vegas quedaba ante nosotros. Podía ver el alto horizonte de hoteles entre la baja niebla azulada del desierto: el Sahara, el Landmark, el Americana y el lúgubre Thunderbird... un racimo de grises rectángulos en la lejanía, alzándose sobre los cactus.

Treinta minutos. Faltaba ya muy poco. El objetivo era la gran torre del Mint Hotel, en el centro de la ciudad... y si no llegábamos allí antes de perder por completo el control, estaba también la prisión estatal de Nevada, en Carson City, al norte del estado. Yo había estado una vez allí, pero sólo para una charla con los presos... y no quería volver, bajo ningún concepto. Así que, en realidad, no había elección: tendríamos que pasar por el aro, y a la mierda el ácido. Pasar por todo el galimatías oficial, meter el coche en el garaje del hotel, pasar por el empleado de recepción, tratar con el botones, firmar los pases de prensa... todo ello falso, totalmente ilegal, un fraude en sus propias narices, pero, por supuesto, habría que hacerlo.

SI MATAS EL CUERPO
MORIRÁ LA CABEZA

La cita aparece en mi cuaderno de notas, no sé por qué motivo. Quizá se relacione con Joe Frazier. ¿Sigue vivo? ¿Puede hablar aún? Yo vi aquella pelea de Seattle... espantosamente volado, unos cuatro asientos pasillo abajo del gobernador. Una experiencia muy dolorosa en todos los sentidos, un final muy adecuado de los años sesenta: Tim Leary prisionero de Elridge Cleaver en Argelia, Bob Dylan recortando cupones en Greenwich Village, los dos Kennedy asesinados por mutantes, Owsley doblando servilletas en Terminal Island y, por último, Cassius/Alí derribado increíblemente de su pedestal por una hamburguesa humana, un hombre al borde de la muerte. Joe Frazier, como Nixon, se había impuesto al fin, por razones que gente como yo nos negábamos a entender... al menos de modo manifiesto.

... Pero eso fue en otra era distinta, terminada y muy lejos de las brutales realidades de este año absurdo de Nuestro Señor, año de 1971. En ese tiempo, habían cambiado muchísimas cosas. Yo estaba en Las Vegas como encargado de la sección de deportes de motor de la prestigiosa revista que me había enviado allí en el Gran Tiburón Rojo por alguna razón que nadie pretendía entender. «Basta con que te presentes en el hotel», dijeron, «ya nos encargaremos del resto...»

Bueno. Presentarse en el hotel. Pero cuando por fin llegamos al Mint Hotel, resultó que mi abogado no era capaz de enfocar como es debido el procedimiento de inscripción. Nos vimos obligados a hacer cola con todos los demás... lo que resultaba sumamente difícil dadas las circunstancias. Yo no hacía más que repetirme: «Tranquilo, calma, no digas nada. Habla sólo cuando te pregunten: nombre, categoría y asociación de prensa, nada más, procura ignorar esta droga terrible, fingir que no está pasando...»

No hay manera de explicar el terror que sentí cuando me acerqué por fin a la empleada y empecé a balbucir. Todo lo que había preparado se desmoronó bajo la mirada pétrea de aquella mujer.

–Hola, qué tal –dije–, me llamo... Bueno, Raoul Duke... sí, *está en la lista*, seguro. Comida gratis, sabiduría total, cobertura absoluta..., ¿por qué no? Traigo conmigo a mi abogado, y, ya sé, claro, que su nombre no está en la lista, pero *tenemos* que ocupar esa suite, sí. Bueno, este hombre en realidad es mi *chófer*. Trajimos este Tiburón Rojo desde el Strip y es hora ya de que descansemos, ¿no? Sí. No tiene más que comprobar la lista y verá. No hay ningún problema. ¿Qué pasa? ¿No me oye?

La mujer ni siquiera pestañeó.

–Su habitación aún no está lista –dijo–, pero hay una persona que le busca.

–¡No! –grité–. ¿Por qué? ¡Si todavía no hemos *hecho* nada!

Sentía las piernas como de goma. Me agarré a la mesa y me derrumbé hacia ella cuando alzó el sobre, pero me negué a aceptarlo. La cara de aquella mujer empezaba a *cambiar*, se hinchaba, palpitaba... ¡horribles mandíbulas verdes y colmillos saltones, la cara de una morena! ¡Veneno mortífero! Me lancé hacia atrás contra mi abogado, que me agarró de un brazo mientras se inclinaba para coger la nota.

–Ya arreglo yo esto –dijo a la mujer morena–. Este hombre está mal del corazón, pero yo tengo medicina suficiente. Soy el doctor Gonzo. Preparen inmediatamente nuestra suite. Estaremos en el bar.

La mujer se encogió de hombros mientras mi abogado me sacaba de allí. En una ciudad llena de locos auténticos, nadie *percibe* siquiera a un loco del ácido. Nos abrimos paso por el vestíbulo atestado de gente y conseguimos localizar dos taburetes en el bar. Mi abogado pidió dos cubalibres con acompañamiento de cerveza y mezcal y luego abrió el sobre.

–¿Quién es Lacerda? –preguntó–. Está esperándonos en una habitación de la planta doce.

No podía recordar. ¿Lacerda? El nombre hizo sonar una campanilla, pero de todos modos no podía concentrarme. Sucedían cosas terribles a nuestro alrededor. Justo a mi lado, un reptil inmenso mordisqueaba el cuello de una mujer, la alfombra era una esponja empapada de sangre... imposible caminar sobre ella. Uno no podía asentar los pies en aquello.

–Hay que pedir unos zapatos de golf –murmuré–. Si no, nunca saldremos vivos de aquí. Te has fijado que esos lagartos andan sin problemas sobre esa basura... eso es porque tienen *garras* en los pies.

–¿Lagartos? –dijo él–. Si crees que tenemos problemas ahora, espera un poco y verás lo que pasa en los ascensores.

Se quitó las gafas de sol brasileñas y me di cuenta de que había estado llorando.

–Acabo de subir a ver a ese hombre, a ese Lacerda –dijo–. Le dije que sabíamos perfectamente lo que se proponía. *Dice* que es fotógrafo, pero cuando le mencioné a Henry el Salvaje... bueno, bastó con eso; flipó. Se le veía en sus ojos. Sabe que vamos a por él.

–¿Se ha enterado de que tenemos una Magnum? –dije.

–No. Pero le conté que teníamos una Vincent Black Shadow. Se cagaba de miedo.

–Bueno –dije–. Pero ¿qué hay de nuestra habitación? ¿Y los zapatos de golf? ¡Estamos en un zoo de reptiles! ¡Y están dándoles alcohol a esos bichos malditos! Pronto nos harán pedazos. ¡Dios mío! ¡Mira el suelo! ¿Viste alguna vez tanta sangre? ¿A cuántos habrán matado ya?

Señalé al otro lado del local, a un grupo que parecía estar mi-rándonos fijamente.

—¡Hostias! Mira aquel grupo de allí. ¡Ya nos han localizado!

—Ésa es la mesa de la prensa —dijo—. Allí es donde tenemos que ir a pedir las credenciales. Venga, qué coño, liquidémoslo rá-pido. Encárgate tu de eso y yo conseguiré la habitación.

4. MÚSICA ESPANTOSA Y RUMOR DE DISPAROS... RUDAS VIBRACIONES EN SÁBADO POR LA NOCHE EN LAS VEGAS

Entramos por fin en la suite hacia el oscurecer, y mi abogado telefoneó inmediatamente al servicio de habitaciones... pidiendo cuatro bocadillos, cuatro cócteles de gambas, un litro de ron y nueve pomelos frescos.

–Vitamina C –explicó–. Necesitaremos toda la posible.

Le di la razón. Para entonces la bebida empezaba ya a cortar el ácido y mis alucinaciones descendieron a un nivel tolerable. La camarera del servicio de habitaciones tenía un vago aire de reptil, pero por lo menos ya no veía inmensos pterodáctilos rondando pesadamente por los pasillos entre charcos de sangre fresca. El único problema era el gigantesco cartel de neón que había junto a la ventana y que bloqueaba nuestra visión de las montañas... millones de bolas coloradas corriendo alrededor de una pista muy complicada, extraños símbolos y filigranas lanzando un ruidoso tarareo...

–Mira fuera –dije.

–¿Por qué?

–Hay una gran... una gran máquina en el cielo... una especie de serpiente eléctrica... que viene directamente hacia nosotros.

–Dispárale –dijo mi abogado.

–Todavía no –dije–. Quiero estudiar sus costumbres.

Él se acercó al rincón y empezó a tirar de una cadena para cerrar los cortinones.

—Oye, mira —dijo—, tienes que acabar con ese rollo de las culebras y las sanguijuelas y los lagartos y toda esa mierda. Me repugnan ya.

—No te preocupes, hombre —dije.

—¿Preocuparme? Dios mío, abajo en el bar estuve a punto de volverme loco. No nos dejarán volver nunca a este sitio... Después del número que montaste en la mesa de prensa.

—¿Qué número?

—Cabrón de mierda —dijo—. ¡Te dejé solo tres *minutos!* ¡Hiciste cagarse de miedo a aquellos tipos! Agitando aquel condenado cacharro por allí y gritando cosas sobre los reptiles. Tuviste suerte de que volviese a tiempo. Iban a llamar a la policía. Dije que estabas borracho y que te subiría yo a tu habitación a que tomaras una ducha fría. Demonios, si nos dieron los pases de prensa sólo para que nos largáramos de allí.

Paseaba por la habitación dando vueltas, nervioso.

—¡Y ese asunto me despejó del todo! Tengo que tomar algo. ¿Qué has hecho con la mescalina?

—En el maletín —dije.

Abrió el maletín y tomó dos píldoras mientras yo ponía el magnetófono.

—*Tú* deberías tomar sólo una —dijo—. Aún te duran los efectos del ácido.

Le di la razón.

—Hemos de ir a la pista antes del oscurecer —dije—. Pero tenemos tiempo para ver las noticias de la tele. Pelaremos este pomelo y haremos un buen ponche de ron. Y quizá le echemos un papelito de ácido... ¿y el coche?

—Se lo dimos a alguien en el aparcamiento —dijo él—. Tengo el comprobante en la cartera.

—¿Qué número tiene? Llamaré abajo para que laven ese trasto, le quiten la mugre y el polvo.

—Buena idea —dijo él. Pero no lograba encontrar el comprobante.

—Vaya, pues vamos jodidos –dijo–. Nunca les convenceremos, no nos darán el coche sin el comprobante.

Lo pensó un momento, luego cogió el teléfono y llamó al garaje.

—Aquí el doctor Gonzo de la ochenta y cinco –dijo–. Creo que he perdido el comprobante de aparcamiento de ese descapotable rojo que le dejé, pero quiero que lo laven y lo dejen listo para de aquí a media hora. ¿Podrá mandarme otro comprobante?... qué... ¿sí?... bueno, estupendo entonces.

Colgó y buscó la pipa de hachís.

—No hay ningún problema –dijo–. El hombre me recuerda.

—Qué bien –dije–. Deben tener una gran red preparada para cuando aparezcamos.

Asintió con un cabeceo y añadió:

—Como abogado tuyo, te aconsejo que no te preocupes por *mí*.

El noticiario de la tele hablaba de la invasión de Laos... una serie de desastres aterradores: explosiones y fragmentos retorcidos, hombres huyendo horrorizados, generales del Pentágono babeando mentiras demenciales.

—¡Apaga esa mierda! –grité a mi abogado–. ¡Salgamos de aquí!

Una maniobra inteligente. Momentos después de recoger el coche, mi abogado entró en un coma, ciego de droga, y se saltó una luz roja en Main Street antes de que yo pudiera controlar la situación. Le saqué de detrás del volante y me puse yo... y me sentí en forma, seguro, certero. A mi alrededor veía a la gente hablando y quería oír lo que decían. Todos. Pero el micrófono direccional estaba en el maletero y decidí dejarlo allí. Las Vegas no es el tipo de ciudad donde le gustaría a uno bajar a la calle principal apuntando a la gente con un instrumento negro parecido a un bazuca.

Subir la radio. Subir el magnetófono. Mirar el crepúsculo, allá, delante. Bajar los cristales de las ventanillas para saborear mejor la brisa fresca del desierto. Sí, ése es el rollo. Ahora: control absoluto. Paseando por la arteria principal de Las Vegas, sábado por la noche, dos buenos muchachos, convertible rojo fuego-manzana... pasados, cargados, volados... Gente Maja.

¡Dios mío! ¿Qué es esa horrible música? «El himno de combate del teniente Calley»:

... mientras vamos desfilando...
Cuando llego por fin
al campamento, en esa tierra más allá del sol,
y el Comandante me pregunta...
(¿qué te preguntó, Rusty?)
... ¿luchaste o corriste?
(¿y qué dijiste, Rusty?)
... contestamos al fuego de sus fusiles con cuanto teníamos...

¡No! ¡No *puedo* oír eso! ¡Es la droga! Miro a mi abogado, pero él tiene clavada la vista en el cielo. Y me doy cuenta de que su cerebro se ha enganchado a ese campamento que queda más allá del sol. Menos mal que él no puede oír esta música, pienso. Le lanzaría a un frenesí racista.

Terminó la canción, por suerte.

Pero mi serenidad se había hecho pedazos... y entonces empezó a hacer efecto el zumo del cactus nefando, precipitando un pánico subhumano mientras pasábamos de pronto al desvío que llevaba al Club de Tiro Mint. «Un kilómetro», decía el letrero. Pero pese al kilómetro de distancia, pude oír el rechinante alarido de motores dos tiempos de motos... y luego, ya más cerca, oí otro sonido.

¡Tiros! Era imposible confundir con otra cosa aquel estruendo hueco y liso.

Detuve el coche. ¿Qué demonios pasa ahí abajo? Subí los cristales de todas las ventanillas y seguí lentamente por aquella carretera de grava, encogido sobre el volante... hasta que vi a unos doce individuos que apuntaban con armas al aire, y que disparaban a intervalos regulares.

Allí de pie, sobre una losa de hormigón, allí en el desierto de mezcales, en aquel pequeño oasis irregular de un páramo del norte de Las Vegas... se arracimaban con sus armas, a unos cincuenta metros de un edificio de una sola planta de bloques de hormigón, medio ensombrecido por diez o doce árboles y rodeado de coches de policía, motos y remolques de moto.

Claro. ¡El *Club de Tiro* Mint! Aquellos lunáticos no podían permitir que nada interrumpiese sus prácticas de tiro. Había unas cien personas entre motoristas, mecánicos y otras gentes del deporte del motor alrededor de la zona de boxes, inscribiéndose para la carrera del siguiente día, trasegando perezosamente cervezas y estudiando la maquinaria de los rivales... y allí, en medio de todo, pendiente sólo de los pichones de arcilla que saltaban del aparato cada cinco segundos o así, los tipos del tiro no perdían ni un solo disparo.

En fin, ¿y por qué no?, pensé. Los tiros proporcionaban cierto ritmo, una especie de base o contrabajo, al caos agudo del ambiente motociclista. Aparqué el coche y me metí entre la gente, dejando a mi abogado en su coma.

Pedí una cerveza y eché un vistazo a las motos. Muchas Husqvarnas 405, bólidos suecos trucados... también muchas Yamahas, Kawasakis, algunas Triumph 500, Maicos, algunas CZ, una Pursang... jodidas motos superligeras y rapidísimas todas. No había allí Hogs, ni Sportsters siquiera... eso sería como meter a nuestro Gran Tiburón Rojo en la competición de enloquecidos todoterrenos.

Quizá debiese hacerlo, pensé. Inscribir a mi abogado como conductor, y luego ponerle en la salida con la cabeza llena de ácido y éter. ¿Qué harían?

Nadie se atrevería a salir a la pista con un individuo así de pirado. Volcaría en la primera curva y se llevaría por delante a cuatro o cinco todoterrenos. Un viaje kamikaze.

–¿Cuál es la tarifa de inscripción? –pregunté al encargado.

—Dos cincuenta —dijo.

—¿Y si te dijera que yo tenía una Vincent Black Shadow?

Alzó la vista hacia mí sin decir nada, cabreado, más bien. Me di cuenta de que llevaba un revólver del treinta y ocho en el cinturón.

—Bueno, da igual —dije—. En realidad, mi conductor está malo. Achicó los ojos.

—Tu conductor no es el único que está poniéndose malo aquí, tío.

—Es que tiene un hueso atravesado en la garganta, sabes —dije.

—¿Qué?

El tipo empezaba a ponerse de muy mala leche. Pero, de pronto, desvió la vista. Miraba a otro...

A mi abogado; no llevaba ya sus gafas de sol danesas ni la camisa Acapulco... su aspecto era increíble, allí semidesnudo y jadeante.

—¿Qué es lo que pasa aquí? —mascullaba—. Este hombre es cliente mío. ¿Quiere usted acabar ante un tribunal?

Le agarré por el hombro y, suavemente, le hice dar vuelta.

—No pasaba nada —le dije—. Es por la Black Shadow... no quieren aceptarla...

—¡*Espera* un momento! —gritó—. ¿Qué quieres decir con eso de que no quieren aceptarla? ¿Por qué has de soportar lo que digan esos cerdos?

—Por supuesto —dije, empujándole hacia la puerta—. Pero fíjate que van todos armados. Y nosotros no. ¿No oyes los *tiros*?

Se paró, escuchó un momento y luego, de pronto, echó a correr hacia el coche.

—¡Mamones! —gritaba por encima del hombro—. ¡Volveremos!

Cuando enfilamos el Tiburón de nuevo en la autopista, pude hablar.

—¡Santo Dios! ¿Cómo pudimos mezclarnos con esa pandilla de fanáticos locos? Salgamos de esta ciudad. ¡Esos mierdas querían matarnos!

5. CUBRIENDO LA NOTICIA... VISIÓN DE LA PRENSA EN ACCIÓN... FEALDAD Y FRACASO

Los corredores estaban preparados al amanecer. Un amanecer maravilloso el del desierto. Muy tenso. Pero la carrera no empezaba hasta las nueve, así que tuvimos que matar unas tres horas largas en el casino junto a las pistas, y ahí fue donde empezaron los problemas.

El bar abría a las siete. Había también una «cantina de café y donuts» junto a las pistas, pero los que habíamos pasado la noche por ahí en sitios como el Circus-Circus no estábamos para café y donuts. Queríamos bebida fuerte. Estábamos de muy mal humor y éramos doscientos por lo menos. Así que abrieron el bar antes. A las ocho y media había un gran gentío alrededor de las mesas de dados. Aquello hervía de ruido y de gritos beodos.

Un golfo huesudo, talludo ya, de camiseta Harley Davidson irrumpió en el bar gritando:

—¡Cagondiós! ¿Qué día es hoy? ¿Sábado?

—Más bien domingo —contestó alguien.

—¡Ajá! ¡Es cojonudo! —aulló el de la camiseta Harley Davidson sin dirigirse a nadie en concreto—. Anoche estaba yo en Long Beach y un tipo me dijo que hoy era la Mint 400, así que le dije a la vieja: «Me voy, tía.»

Soltó una carcajada y luego siguió:

41

–Entonces ella empezó con chorradas, y bueno... tuve que atizarle y cuando me di cuenta dos tíos, a los que no había visto en mi vida, me sacaron a la calle a leches. ¡Cojones! Me dejaron tonto a hostias.

Se echó a reír otra vez, hablaba para la gente y al parecer sin preocuparse de quién le escuchara.

–Sí, demonios, sí –siguió–. Y luego uno de ellos me dice: «¿Adónde vas?», y yo le digo: «A Las Vegas, a la Mint 400.» Y los tipos me dan diez pavos y me bajan hasta la estación de autobuses... –hizo una pausa–. Bueno, yo *creo* que fueron ellos...

»En fin, la cosa es que aquí estoy. ¡Y vaya noche, amigos! ¡Siete horas en ese maldito autobús! Pero cuando desperté amanecía y me vi aquí, en el centro de Las Vegas, y estuve un rato sin saber qué coño hacía aquí yo. Lo único que se me ocurrió pensar fue: "Ay, Dios mío, otra vez. ¿Quién se divorciará de mí ahora?"

Aceptó un cigarrillo de alguien, aún riendo entre dientes mientras lo encendía.

–Pero entonces recordé, demonios, vine aquí por la Mint 400... y, amigo, eso es todo lo que necesitaba saber. Os aseguro que es una maravilla estar aquí. Me importa un huevo quién gane o quién pierda. Lo bueno es estar aquí con todos vosotros, estar con la gente...

Nadie le discutió. Comprendían todos. En algunos círculos, la Mint 400 es, de lejos, muchísimo mejor que la Super Bowl, el Derby de Kentucky y las finales de Oakland todos juntos. Esta carrera atrae a gente muy especial, y evidentemente nuestro amigo de la camiseta Harley Davidson era uno de ellos.

El corresponsal de *Life* cabeceó comprensivo y gritó beodamente al del bar:

–¡Sirva a ese hombre lo que quiera!

–¡Venga, rápido! –grité yo–. ¿Por qué no cinco?

Aporreé la barra con la palma abierta y sangrante.

–¡Qué diablos! ¡Que sean diez! –añadí.

–¡Apoyo eso! –aulló el hombre de *Life*.

Estaba perdiendo apoyo en la barra, iba cayendo lentamente de rodillas, pero aún hablaba con clara autoridad:

–¡Éste es un momento mágico del deporte! ¡Quizá nunca se repita!

Luego pareció quebrársele la voz.

–Yo corrí la Triple Corona –murmuró–. Pero no tenía comparación con esto.

La mujer de ojos de rana le agarró febrilmente por el cinturón.

–¡Levántate! –suplicó–. ¡Levántate, *por favor!* ¡Estarías guapísimo si te levantaras!

Él se echó a reír muy animado.

–Oiga señora –masculló–. Soy casi intolerablemente guapo aquí abajo donde estoy. ¡Se volvería usted *loca* si me levantara!

La mujer seguía tirando de él. Debía de llevar colgada de su brazo dos horas y ahora le tocaba a ella. El hombre de *Life* no quería saber nada. Estaba ya en cuclillas.

Aparté la vista. Era demasiado horrible. Después de todo, éramos la crema misma de la prensa deportiva nacional. Y estábamos allí reunidos en Las Vegas para una misión muy especial: informar sobre la cuarta Mint 400 anual... y, en cosas como ésta, uno no hace el tonto.

Pero había ya indicios (antes de iniciarse el espectáculo) de que quizás estuviéramos perdiendo el control del asunto. Nos encontrábamos allí en aquella magnífica mañana de Nevada, aquel amanecer fresco y luminoso del desierto, apretujados en la mugrienta barra de un fortín y casino de juego llamado Club de Tiro Mint a unos dieciséis kilómetros de Las Vegas... y con la carrera a punto de empezar, estábamos peligrosamente desorganizados.

Fuera, los lunáticos jugaban con sus motos, probando los faros, dando los últimos toques de aceite a las horquillas, el ajuste de tuercas del último minuto (tuercas del carburador, múltiples de admisión, etc.) y las primeras diez motos salieron como tiros a la cuenta de nueve. Era la mar de emocionante y salimos todos fuera a verlo. Bajó la banderola y aquellos diez pobres maricones apretaron a fondo y se metieron zumbando en la primera curva, todos juntos, hasta que alguien cogió la delantera (una Husqvarna 450, me parece), se alzó un grito cuando el corredor aceleró a fondo y desapareció en una nube de polvo.

—Bueno, ya está —dijo alguien—. Volverán de aquí a una hora o así. Nosotros, al bar.

Pero aún no. No. Quedaban algo así como unas ciento noventa motos más, esperando salida. Salían de diez en diez, cada dos minutos. Al principio podías verlas hasta unos doscientos metros de la línea de salida, pero esta visibilidad duró muy poco. La tercera tanda desapareció en el polvo a unos cien metros de donde estaban... y cuando habían salido los cien primeros (y quedando aún otros cien por salir), nuestra visibilidad se había reducido a unos quince metros. Sólo veíamos hasta las balas de paja del final de los boxes...

Más allá de aquel punto, la increíble nube de polvo que iba a colgar sobre esa parte del desierto los dos días siguientes se había hecho ya sólida y firme. Ninguno de nosotros sabía, por entonces, que era la última vez que veíamos la «Fabulosa Mint 400»...

A mediodía, resultaba difícil ver la zona de boxes desde el bar/casino, a treinta metros de distancia bajo el sol radiante. La idea de intentar «cubrir la carrera» en cualquier sentido periodístico convencional era absurda: era como intentar seguir un campeonato de natación en una piscina olímpica llena de polvos de talco en vez de agua. Ford Motor Company había aparecido, cumpliendo su promesa, con un «Bronco para la prensa» y chófer, pero tras unos cuantos recorridos salvajes por el desierto (buscando motoristas y encontrando alguno de vez en cuando) abandoné el vehículo a los fotógrafos y volví al bar.

Era hora, creía yo, de una Recapitulación Ambiciosa de todo el asunto. La carrera estaba celebrándose, sin duda. Yo había presenciado la salida, de eso estaba seguro. Pero, ¿qué hacer ahora? ¿Alquilar un helicóptero? ¿Volver a aquel Bronco apestoso? ¿Vagar por ese maldito desierto y ver pasar a toda pastilla a aquellos locos por los puestos de control? Uno cada trece minutos...

A las diez, estaban esparcidos por toda la pista. No era ya una carrera; ahora era una Prueba de Resistencia. La única acción visible estaba en la línea de salida/llegada, donde cada cinco minutos emergía zumbando un tipo de la nube de polvo y saltaba tambaleante de su moto, mientras el equipo técnico se encargaba de ella y la lanzaba otra vez enseguida a la pista con un corredor fresco... para otra vuelta de ochenta kilómetros, otra hora brutal de locura desriñonada allá fuera, en aquel terrible limbo de polvo cegador.

Hacia las once, hice otra gira en el coche de la prensa, pero sólo encontramos dos todoterrenos llenos de lo que parecían chupatintas jubilados de San Diego. Nos pararon en un arroyo seco y preguntaron:

—¿Dónde está la maldita cosa?

—Pero por Dios –dije–, si nosotros somos buenos norteamericanos patriotas igual que vosotros.

Sus dos todoterrenos estaban cubiertos de lúgubres símbolos: Águilas Aullantes con Banderas Norteamericanas en las garras, una serpiente de ojos achinados despedazada por una sierra automática de barras y estrellas, y uno de los vehículos tenía lo que parecía ser una ametralladora montada en el asiento de pasajeros.

Andaban de juerga... recorrían el desierto a toda marcha desafiando a los que se encontraban.

—¿De qué grupo sois? –gritó uno de ellos.

Aullaban los motores, todos; apenas podíamos oírnos.

—Prensa deportiva –grité–. Somos simples... empleados.

Leves sonrisas.

–Si queréis buena caza –grité– deberíais ir a por el sinvergüenza de la CBS que va ahí delante, en ese jeep negro grande. Es el responsable de *La venta del Pentágono.*

–¡Maldita sea! –gritaron dos a la vez–. ¿Dijiste un jeep negro?

Salieron zumbando; nosotros también. Saltando por rocas y férreas plantas rodadoras y cactus como de roble. La cerveza que llevaba en la mano salió volando y dio en el techo y luego me cayó en el regazo y me empapó la entrepierna de espuma tibia.

–Quedas despedido –le dije al chófer–. Quiero volver a los boxes.

Me parecía que era hora de asentar los pies en la tierra: analizar aquel maldito trabajo y ver una forma de abordarlo bien. Lacerda insistía en Cobertura Total. Quería volver a la tormenta de polvo y seguir buscando alguna combinación rara de lentes y película que pudiese atravesar aquella plaga espantosa.

«Joe», nuestro chófer, estaba dispuesto. En realidad, no se llamaba «Joe», pero nos habían dado instrucciones de llamarle así. Yo había hablado con el encargado de la Ford la noche anterior y cuando mencionó al chófer que nos asignaba, dijo:

–En realidad se llama Steve, pero tenéis que llamarle Joe.

–¿Por qué no? –dije–. Le llamaremos lo que quiera él. ¿Qué tal «Zoom»?

–Ni hablar –dijo el hombre de la Ford–. Tiene que ser «Joe».

Lacerda lo aceptó y hacia el mediodía se fue al desierto otra vez acompañado de nuestro chófer, Joe. Yo volví al bar/casino del fortín que era en realidad el Club de Tiro Mint... donde me puse a beber afanosamente, a pensar afanosamente y a tomar muchas afanosas notas...

6. UNA NOCHE EN LA CIUDAD... ENFRENTAMIENTO EN EL DESERT INN... FRENESÍ DE DROGAS EN EL CIRCUS-CIRCUS

Medianoche del sábado... Los recuerdos de esa noche son sumamente nebulosos. Las únicas claves que tengo son un puñado de fichas de keno y de servilletas de cóctel, cubiertas todas de notas garrapateadas. Ahí va una: «Llamar al hombre de la Ford. Pedir un Bronco para seguir la carrera... ¿Fotos?... Lacerda/ver... ¿por qué no un helicóptero?... Coger el teléfono, *apretarles* las tuercas a esos cabrones... dar muchas voces.»

Otra dice: «Letrero de Paradise Boulevard: "Stopless and Topless"...[1] sexo de segunda división comparado con Los Ángeles; aquí cubrepezones/en Los Ángeles abunda la desnudez total en público... Las Vegas es una sociedad de masturbadores armados/ aquí la emoción es el juego/el sexo es un extra/un viaje raro para los ricachos... putas de la casa para los ganadores, pajas para la chusma desafortunada.»

Hace mucho tiempo, cuando vivía yo en Big Sur, allí bajando la carretera de Lionel Olay, tenía un amigo que le gustaba ir a Reno a jugar a los dados. Tenía una tienda de artículos deportivos en Carmel. Y un mes cogió su Mercedes y se fue a Reno tres fines de semana seguidos... y ganó mucho las tres veces. En esos

---

1. Stopless: sin paradas o sin obstáculos; topless: se llaman bares topless aquellos en que las camareras sirven con los pechos al aire. *(N. de los T.)*

tres viajes, debió ganar quince mil dólares, así que decidió saltarse el cuarto fin de semana y llevarse a unos amigos a cenar a Nepenthe. «El ganador tiene que ser tranquilo», explicaba, «además, es un viaje muy largo.»

El lunes por la mañana le llamaron por teléfono de Reno: era el director general del casino en el que había jugado.

–Le echamos mucho de menos este fin de semana –dijo el DG–. Los de la mesa de dados se aburrieron.

–Vaya –dijo mi amigo.

Y el fin de semana siguiente, voló a Reno en un avión particular, con un amigo y dos chicas: todos «invitados especiales» del DG. Nada es demasiado bueno para los ricachos...

Y el lunes por la mañana, el mismo avión (el avión del casino) le llevaba de vuelta al aeropuerto de Monterrey. El piloto le prestó una moneda para llamar a un amigo que le llevase a Carmel. Debía treinta mil dólares, y dos meses después estaba en manos de una de las agencias de cobros de impagados más temibles del mundo.

Así que vendió la tienda; pero no fue bastante. El resto que esperasen, dijo... pero luego tuvo un mal encuentro que le convenció de que quizá fuese mejor pedir el dinero necesario para pagarlo todo.

El juego tradicional es un negocio muy terrible... Y Reno al lado de Las Vegas es el amistoso tendero de la esquina. Las Vegas es la ciudad más siniestra del mundo para un perdedor. Hasta hace más o menos un año, había un cartel gigante a la entrada de Las Vegas que decía:

¡NO JUEGUE CON LA MARIHUANA!
EN NEVADA, POSESIÓN: VEINTE AÑOS,
VENTA: ¡CADENA PERPETUA!

Así que no me sentía nada tranquilo andando por allí entre los casinos aquel sábado por la noche con el coche lleno de marihuana y la cabeza de ácido. Tuvimos varios momentos de apuro: en una ocasión intenté meter el Gran Tiburón Rojo en la lavandería del Landmark Hotel... pero la puerta era demasiado estrecha y los que había en el interior parecían peligrosamente excitados.

Nos acercamos al Desert Inn para ver el espectáculo de Debbie Reynolds/Harry James.

–Tú no sé –dije a mi abogado–, pero en mi ramo es importante estar en el Rollo.

–En el mío también –dijo–. Pero como abogado tuyo te aconsejo que te acerques al Tropicana y recojas a Guy Lombardo. Está en el Salón Azul con sus Royal Canadians.

–¿Por qué? –pregunté.

–¿Por qué *qué*?

–¿Por qué tengo que soltar mis dólares duramente ganados por ver un cadáver de mierda?

–Pero bueno –dijo él–. ¿Por qué estamos aquí? ¿Hemos venido a divertirnos o a trabajar?

–A trabajar, claro –contesté.

Estábamos dando vueltas, haciendo círculos por el aparcamiento de un local que me pareció el Dunes, pero que resultó ser el Thunderbird... aunque quizá fuese el Hacienda...

Mi abogado estaba examinando la *Guía Turística de Las Vegas* buscando algo interesante.

–¿Qué tal Nickel Nick's Slot Arcade? –dijo–. «Hot Slots», suena bien... Veinticinco centavos los perritos calientes...

De pronto, la gente empezó a chillar. Estábamos metidos en un lío. Dos matones con abrigos de corte militar en rojo y oro se alzaron ante el capó.

–¿Qué coño hacen? –gritó uno–. No pueden aparcar *aquí*.

–¿Por qué no? –dije.

Parecía un buen sitio para aparcar. Había mucho espacio. Yo

llevaba buscando un sitio para aparcar, lo que me parecía ya muchísimo tiempo. Demasiado. Estaba a punto de abandonar el coche y coger un taxi... pero entonces, sí, vimos todo aquel *sitio*.

Resultó ser la acera de la entrada principal del Desert Inn. Me había subido a tantas aceras ya, que no me había dado cuenta siquiera de ésta. Pero, de pronto, nos vimos en una situación difícil de explicar... estábamos bloqueando la entrada, los matones chillándome, un lío horrible...

Mi abogado salió del coche como un rayo, agitando un billete de cinco dólares.

–¡Queremos que nos aparquen este coche! Soy un viejo amigo de Debbie. He *jodido* muchísimo con ella.

Pensé por un momento que lo había hundido todo... pero entonces, uno de los conserjes cogió el billete y dijo:

–Muy bien, señor. Yo me cuidaré de ello, señor.

Y sacó un boleto de aparcamiento.

–¡Hostias! –dije, mientras cruzábamos el vestíbulo a toda prisa–. Casi nos enganchan. Qué reflejos tienes.

–¿Pero tú qué crees? –dijo–. Soy tu *abogado*... y me debes cinco pavos. Los quiero ahora.

Me encogí de hombros y le di un billete.

Aquel abigarrado vestíbulo del Desert Inn alfombrado de grueso Orlon no parecía lugar adecuado para regatear por propinas dadas al empleado del aparcamiento. Aquél era terreno de Bob Hope. De Frank Sinatra. De Spiro Agnew. El vestíbulo apestaba lindamente a formica de alta calidad y palmeras de plástico... era claramente un refugio distinguido para Grandes Gastadores.

Nos acercamos al gran salón de baile llenos de confianza, pero no nos dejaron entrar. Llegábamos demasiado tarde, dijo un individuo de esmoquim color lila. El local ya estaba lleno... no quedaban asientos a *ningún* precio.

–A la mierda los asientos —dijo mi abogado–. Nosotros somos viejos amigos de Debbie. Hemos venido en coche desde Los Ángeles para ver esta actuación y entraremos como sea.

El hombre del esmoquin empezó a balbucir sobre «las normas para caso de incendios», pero mi abogado no quiso escucharle. Por último, después de mucho escándalo, nos dejó pasar sin pagar nada... siempre que nos quedáramos callados al fondo sin fumar.

Lo prometimos, pero en cuanto conseguimos entrar, perdimos el control. Había sido demasiada tensión. Debbie Reynolds andaba gorjeando por el escenario con una peluca afroplateada... a los compases de «Sergeant Pepper», que salía de la trompeta de oro de Harry James.

—¡Ay, la hostia! —dijo mi abogado—. ¡Nos hemos metido en una cápsula del tiempo!

Pesadas manos nos agarraron por los hombros. Conseguí guardar la pipa de hachís en la bolsa justo a tiempo. Nos cruzaron a rastras el vestíbulo y luego aquellos tíos nos tuvieron arrinconados contra la puerta de entrada hasta que nos sacaron el coche.

—Muy bien, esfumaros —dijo el del esmoquin lila—. Os damos una oportunidad. Si Debbie tiene amigos como vosotros, está en peor situación de lo que yo creía.

—¡Esto no va a quedar así! —gritó mi abogado mientras arrancábamos—. ¡Basura paranoica!

Di la vuelta hasta el casino Circus-Circus y aparqué junto a la puerta trasera.

—Éste es el sitio —dije—. Aquí nos dejarán en paz.

—¿Dónde está el éter? —dijo mi abogado—. Esta mescalina no funciona.

Le di la llave del maletero mientras encendía la pipa de hachís. Volvió con la botella de éter, la destapó, luego echó un chorro en un pañuelo de papel, se lo puso debajo de la nariz y aspiró fuerte. Yo empapé otro pañuelo de papel y me lo enchufé en la nariz. El olor era tremendo, incluso con la capota bajada. Pronto subíamos tambaleantes las escaleras hacia la entrada, riéndonos como tontos y arrastrándonos uno a otro como si estuviéramos borrachos.

Ésta es la ventaja principal del éter: te hace actuar como un borracho de pueblo típico... pérdida total de las funciones motrices básicas: visión nublada, pérdida de equilibrio, lengua acorchada... corte de todas las funciones entre cuerpo y cerebro... lo cual es muy interesante, porque el cerebro sigue funcionando más o menos igual... puedes verte a ti mismo comportándote de ese modo horrible, sin poder controlarlo.

Si te acercas a las puertas giratorias que llevan al interior del Circus-Circus, has de saber que cuando llegas allí tienes que darle dos dólares al tío, porque, de lo contrario, no entras... pero cuando llegas, resulta que todo sale al revés: calculas mal la distancia a la puerta giratoria y te vas contra ella, sales lanzado y te agarras a una vieja para no caerte, y un furioso carca te empuja y piensas: ¿Pero qué pasa aquí? ¿Qué ocurre? Luego, te oyes balbucir: «Pero qué pasa, hombre, no es culpa mía. ¡Tenga cuidado!... ¿Por qué dinero? *Yo* me llamo Brinks; nací... ¿nací? Las ovejas por la borda... mujeres y niños al coche blindado... órdenes del capitán Zap.»

Ay, endemoniado éter... una droga del todo corporal. La mente se encoge aterrada, incapaz de comunicar con la columna vertebral. Las manos aletean disparatadamente, incapaces de sacar dinero del bolsillo... de la boca brota una risa balbuciente y silbidos... siempre sonriendo.

El éter es la droga perfecta para Las Vegas. En esta ciudad les encantan los borrachos. Son carne fresca. En fin, nos metieron en las puertas giratorias y nos soltaron dentro.

El Circus-Circus es donde iría la gente maja la noche del sábado si hubiesen ganado la guerra los nazis. Es como el Sexto Reich. La planta principal está llena de mesas de juego, como en todos los casinos... pero este local tiene unas cuatro plantas, al estilo de una carpa de circo, y en este espacio se desarrollan toda clase de extrañas locuras en un híbrido de feria rural y carnaval polaco. Justo encima de las mesas de juego, los Cuarenta Hermanos Voladores Carazito ejecutan un número en el trapecio, con cuatro glotones norteamericanos provistos de bozal y las Seis Hermanas Nymphet de San Diego... así que estás allí abajo en la planta principal jugando al blackjack, y la apuesta es alta, y de pronto se te ocurre mirar para arriba y justo encima de tu cabeza hay una chica de catorce años semidesnuda a la que persigue por el aire un gruñente glotón, que se enzarza de pronto en una pelea a muerte con dos polacos pintados de color plata que se lanzan desde puntos opuestos y se encuentran en medio del aire sobre el cuello del glotón... los dos polacos agarran al animal mientras caen a plomo hacia las mesas de dados... pero saltan fuera de la red; se separan y vuelven a saltar hacia el techo en tres direcciones distintas, y cuando están a punto de caer otra vez, los agarran en el aire tres Gatitos Coreanos y van en trapecio hacia una de las barandas.

Esta locura sigue y sigue, pero nadie parece darse cuenta. El juego dura veinticuatro horas al día en la planta principal, y el circo nunca para. Entretanto, en todas las galerías de arriba se acosa a los clientes con todo tipo imaginable de extrañas chorradas. Cabinas tipo sala de atracciones de todas clases. Quítale de un tiro los cubrepezones a una machorra de más de tres metros de altura y gana una cabra de caramelo de algodón. Plántate delante de esta máquina fantástica, amigo mío, y por sólo noventa y nueve centavos aparecerá en una pantalla tu efigie, de setenta metros de altura, sobre el centro de Las Vegas. Por otros noventa y nueve centavos se puede enviar un mensaje. «Di lo que quieras, amigo, te oirán, de eso no te preocupes. Recuerda que tendrás setenta metros de altura.»

Santo cielo. Ya veía que me tumbaría en la cama del Mint Hotel, medio dormido, miraría por casualidad por la ventana y aparecería, allí de repente, un nazi malvado de setenta metros de altura en el cielo de la medianoche, gritando incoherencias al mundo: *«Woodstock Über Alles!»*

Esta noche correremos las cortinas. Una cosa así puede hacer que un tipo drogado se ponga a dar saltos en la habitación como una pelota de ping-pong. Ya son bastante malas las alucinaciones. Claro que al cabo de un rato aprendes a soportar cosas como ver a tu abuela muerta subirte por la pierna arriba con un cuchillo entre los dientes. La mayoría de la gente del ácido sabe manejar este tipo de cosas.

Pero nadie puede manejar ese otro viaje: la posibilidad de que cualquier chiflado con un dólar noventa y ocho pueda entrar en el Circus-Circus y aparecer de pronto en el cielo de Las Vegas a tamaño doce veces el de Dios, aullando lo que se le pase por la cabeza. No, ésta no es una ciudad buena para las drogas psicodélicas. La propia realidad está ya demasiado pasada.

La buena mescalina actúa despacio... la primera hora es todo espera y luego, hacia la mitad de la segunda, empiezas a insultar al cabrón que te engañó, porque no pasa nada... y entonces, ¡zas! intensidad malévola, brillo y vibraciones extrañas... algo tremendo en un sitio como el Circus-Circus.

–Me molesta decirlo –dijo mi abogado cuando nos sentamos en el Bar Tiovivo de la segunda galería–, pero este lugar ya está empezando a fastidiarme. Creo que me está entrando el Miedo.

–Bah, tonterías –dije–. Vinimos aquí a buscar el Sueño Americano. Y ahora que estamos justo en el centro de él quieres largarte.

Le agarré el bíceps y apreté.

–Tienes que darte cuenta –dije– de que hemos encontrado el centro neurálgico.

–Lo sé –dijo él–. Por eso me da el Miedo.

El éter se desvanecía, el ácido se había ido hacía mucho, pero la mescalina se imponía con firmeza. Estábamos sentados en una mesita redonda de formica dorada, girando en órbita alrededor del encargado del bar.

–Mira allí –dije–. Dos mujeres jodiendo a un oso polar.

–Por favor –dijo él–. No me digas esas cosas. Ahora no.

Hizo una seña a la camarera pidiendo dos combinados más.

–Es mi último trago –dijo–. ¿Cuánto dinero puedes prestarme?

—No mucho —le dije—. ¿Por qué?

—Tengo que irme —dijo.

—¿Irte?

—Sí. Abandonar el país. Esta noche.

—Tranquilízate —dije—. En unas cuantas horas estarás sereno.

—No —dijo—. Es en serio.

—George Metesky era serio[1] —dije—. Y ya ves lo que le hicieron.

—¡No me jodas! —gritó—. ¡Una hora más en esta ciudad y mato a alguien!

Me di cuenta de que no podía más. Era esa temible pasión que asalta en el apogeo del frenesí de mescalina.

—Está bien —dije—. Te prestaré algo. Salgamos a ver cuánto nos queda.

—¿Podremos? —dijo.

—Bueno... Eso depende de a cuánta gente jodamos de aquí a la puerta. ¿Quieres salir tranquilamente?

—Quiero salir *de prisa* —dijo él.

—Bueno. Paguemos esto y luego nos levantamos despacio. Estamos los dos muy pasados. Será un paseo largo.

Le pedí la cuenta a la camarera. Se acercó, parecía fastidiada, y mi abogado se levantó.

—¿Te pagan por joder con ese oso? —le preguntó.

—¿Qué?

—Es una broma —dije, interponiéndome entre ellos—. Vamos, Doc... Bajemos a jugar.

Conseguí llevarle hasta el borde del bar, el límite del tiovivo, pero se negó a salir de allí mientras siguiese dando vueltas.

—Que no para —le dije—. No para nunca.

Yo salí y di la vuelta para esperarle, pero él no se movía... y antes de que pudiese echarle mano y tirar de él, desapareció.

—No te muevas —grité—. ¡Darás la vuelta!

---

1. Terrorista que asoló Nueva York durante dieciséis años. *(N. de los T.)*

Él miraba ciega y fijamente hacia adelante, bizqueando, todo miedo y confusión. Pero no movió un músculo hasta que dio la vuelta completa.

Esperé a que estuviese casi enfrente de mí y entonces quise agarrarlo... pero él dio un salto atrás y otra vuelta completa. Esto me puso muy nervioso. Me sentí al borde del delirio. El encargado del bar parecía observarnos.

Carson City, pensé. Veinte años.

Me subí al tiovivo y corrí alrededor, acercándome a mi abogado por su lado ciego... y cuando llegamos al punto adecuado, le saqué de allí de un empujón. Salió tambaleándose por el pasillo y lanzó un grito infernal mientras perdía el equilibrio y se derrumbaba entre la gente... Rodó como un madero, y luego se levantó como un rayo, los puños cerrados, buscando a alguien a quien atizarle.

Me acerqué con las manos en alto, intentando sonreír.

–Te caíste tú, hombre –dije–. Venga, vamos.

Por entonces, la gente *estaba* ya observándonos. Pero el imbécil no se movía y me di cuenta de lo que pasaría si le agarraba.

–Está bien –dije–. Quédate aquí y acabarás en la cárcel. Yo me largo.

Y empecé a alejarme de prisa hacia las escaleras, ignorándole. Esto le conmovió.

–¿Has visto eso? –dijo cuando se puso a mi altura–. ¡Un cabrón me dio una patada en el culo!

–Puede que fuese el encargado del bar –dije–. Quería atizarte por lo que le dijiste a la camarera.

–¡Dios mío! Vámonos de aquí. ¿Dónde está el ascensor?

–Ni te acerques siquiera a ese ascensor –dije–. Eso es precisamente lo que quieren que hagamos... para atraparnos en una caja de acero y bajarnos al sótano.

Miré por el rabillo del ojo, pero no nos seguía nadie.

—No corras —dije—. Les gustaría mucho tener una excusa para tirotearnos.

Él asintió, parecía entender.

Recorrimos rápidamente la gran galería interior de atracciones (salas de tiro, tatuajes, cabinas para cambiar dinero, casetas de algodón de azúcar) y luego cruzamos unas puertas de cristal y bajamos entre hierba ladera abajo hasta un aparcamiento donde esperaba el Tiburón Rojo.

—Llévalo tú —dijo—. No sé lo que me pasa.

7. TERROR PARANOIDE... Y EL ESPANTOSO ESPECTRO DE LA SODOMÍA... UN RELAMPAGUEO DE AGUA VERDE Y CUCHILLOS

Cuando llegamos al Mint aparqué en la calle frente al casino, a la vuelta de la esquina del aparcamiento. No tenía objeto arriesgarse a una escena en el vestíbulo, pensé. Ninguno de los dos podía pasar por borracho. Estábamos los dos hipertensos. Rodeados de vibraciones sumamente amenazadoras. Cruzamos el casino a toda pastilla y subimos en el ascensor trasero.

Llegamos a la habitación sin tropezar con nadie... pero la llave no abría. Mi abogado se debatía con ella desesperado.

–Esos cabrones nos han cambiado la cerradura –gruñía–. Lo más probable es que hayan registrado la habitación. Dios mío, estamos aviados.

Pero de pronto se abrió la puerta. Vacilamos. Luego entramos como tiros. No había señal de problema.

–Ciérralo todo –dijo mi abogado–. Pon todas las cadenas.

Miraba fijamente dos llaves de habitación del Mint Hotel que tenía en la mano.

–¿De dónde salió *ésta?* –dijo, alzando una llave que tenía el número 1221.

–Ésa es la habitación de Lacerda –dije.

Sonrió.

–Sí, claro –dijo–. Me pareció que podríamos necesitarla.

–¿Para qué?

—Vamos a subir allí ahora mismo a sacarle de la cama con la manguera de incendios —dijo.

—No —dije—. Tenemos que dejar en paz a ese pobre cabrón, tengo la sensación de que nos evita por algún motivo.

—No te engañes a ti mismo —dijo él—. Ese portugués hijoputa es *peligroso*. Anda vigilándonos como un halcón.

Y luego me miró fijamente, bizqueando, y añadió:

—¿Has hecho algún trato con él?

—Hablé con él por teléfono —dije— cuando tú saliste a pedir que lavasen el coche. Dijo que se acostaría temprano para poder estar al amanecer en línea de meta.

Mi abogado no me escuchaba. Lanzó un grito de angustia y aporreó la pared con ambas manos.

—¡Ese cerdo cabrón! —gritó—. ¡Lo *sabía!* Me quitó a mi chica.

Me eché a reír.

—¿Aquella rubita del equipo de filmación? ¿Crees que la sodomizó?

—Eso es... ¡ríete, ríete! —gritó—. Los blancos sois todos iguales.

Por entonces, había abierto una nueva botella de tequila y estaba trasegándola. Luego cogió un pomelo y lo partió a la mitad con un Gerber Mini-Magnum: un cuchillo de caza de acero inoxidable con una hoja como una navaja de afeitar recién afilada.

—¿De dónde sacaste ese cuchillo? —le pregunté.

—Me lo subieron los del servicio de habitaciones —dijo—. Quería algo para cortas las limas...

—¿Qué limas?

—No tenían —dijo—. Aquí en el desierto no se dan.

Partió el pomelo en cuartos... luego en octavos... luego en dieciseisavos... y luego empezó a cortar sin orden ni concierto lo que quedaba.

—Ese sapo cabrón —gruñó—. Sabía que tenía que quitarle de en medio en cuanto tuviese la oportunidad. Ahora se la ha llevado.

Recordé a la chica. Habíamos tenido un problema con ella en el ascensor unas horas antes: mi abogado había hecho el ridículo.

–Tú debes de ser corredor –dijo la chica–. ¿En qué categoría estás?

–¿Categoría? –replicó él–. ¿Qué coño quieres decir?

–¿Qué moto llevas? –preguntó con una vivaz sonrisa–. Estamos filmando la carrera para una serie de televisión... a lo mejor podemos usarte.

–¿Usarme?

Madre de Dios, pensé. Ya está liada. El ascensor estaba lleno de gente de la carrera y tardaba mucho en ir de piso a piso. Cuando paramos en el tercero, mi abogado temblaba muchísimo. Quedaban cinco pisos más.

–¡Yo monto las *grandes!* –gritó él de pronto–. ¡Las más jodidas! Me eché a reír, intentando quitar hierro al asunto.

–La Vincent Black Shadow –dije–. Somos del equipo de fábrica. Esto provocó un murmullo de áspero desacuerdo entre la gente.

–Eso es un cuento –murmuró alguien detrás de mí.

–¡Un momento! –gritó mi abogado... y luego dijo a la chica–: Perdóneme, señora, pero creo que en este ascensor hay un mamón ignorante que necesita un tajazo en la cara.

Y metió la mano en el bolsillo de la chaqueta negra de plástico que llevaba y se volvió a la gente que estaba apretujada al fondo del ascensor.

–Venga, mariquitas blancos de mierda –masculló–. ¿Cuál de vosotros quiere que le haga un buen corte?

Yo miraba fijamente el indicador de pisos. Se abrió la puerta en el séptimo, pero nadie se movió. Silencio sepulcral. Se cerró la puerta. El octavo. Se abrió otra vez... tampoco hubo sonido ni movimiento alguno en el atestado ascensor. Cuando la puerta empezaba a cerrarse salí y lo agarré del brazo y lo saqué a rastras justo a tiempo. Se cerraron las puertas y la luz del ascensor señaló nueve.

–¡De prisa! ¡A la habitación! –dije–. Esos cabrones nos echarán los perros encima.

Doblamos el pasillo corriendo camino de la habitación. Mi abogado riendo como un loco.

–¡Espantados! –gritaba–. ¿Viste? Estaban *espantados*. Como ratas en una ratonera.

Luego, cuando cerramos la puerta con llave, dejó de reírse.

–Maldita sea –dijo–. Ahora es un asunto *serio*. Esa chica entendió. Se enamoró de mí.

Y ahora, varias horas después, estaba convencido de que Lacerda (el supuesto fotógrafo) había conseguido echarle el guante a la chica.

–Vamos a subir ahora mismo a capar a ese cabrón –dijo enarbolando su cuchillo nuevo y haciendo con él rápidos círculos delante de los dientes–. ¿Lo echaste *tú* encima de ella?

–Oye –dije–, sería mejor que dejases ese maldito cuchillo y te despejases un poco. Tengo que meter el coche en el aparcamiento.

Fui retrocediendo lentamente hacia la puerta. Una de las cosas que aprendes después de pasar años tratando con gente de la droga, es que *todo* es serio. Puedes darle la espalda a un individuo, pero nunca le des la espalda a una droga... sobre todo cuando la droga enarbola un cuchillo de caza afilado como una navaja barbera ante tus ojos.

–Date una ducha –dije–. Tardo veinte minutos.

Salí rápidamente, cerré la puerta con llave y subí la llave a la habitación de Lacerda... la llave que antes había robado mi abogado. Pobre hombre, pensé, mientras subía corriendo por las escaleras mecánicas. Le mandaron aquí con esta misión perfectamente razonable (sólo unas cuantas fotos de motoristas y todoterrenos corriendo por el desierto) y se ha visto metido, sin entenderlo, en las fauces de un mundo que queda fuera de su comprensión. No había manera de que pudiese entender lo que pasaba.

¿Qué hacíamos nosotros allí? ¿Qué sentido tenía aquel viaje? ¿Tenía yo de verdad un gran descapotable rojo allí fuera en la calle? ¿Estaba solo vagando por aquellas escaleras automáticas del Mint Hotel en una especie de frenesí drogado, o había ido realmente allí a Las Vegas a trabajar en un *reportaje?*

Busqué en el bolsillo la llave de la habitación; «1850», decía. Al menos eso era real. Así que mi tarea inmediata era resolver lo del coche y volver a aquella habitación... y entonces podría, afortunadamente, serenarme y despejarme lo suficiente para abordar lo que pudiese suceder al amanecer.

Salí de la escalera y entré en el casino, aún había un gran gentío apretujado alrededor de las mesas de dados. ¿Quién *es* esa gente? ¡Qué fachas! ¿De dónde salían? Parecían caricaturas de vendedores de coches de segunda mano de Dallas. Pero eran *reales*. Y, ay, Dios mío, había la *tira*... aún seguían gritando allí alrededor de aquellas mesas de dados de la ciudad del desierto a las cuatro y media de una madrugada de domingo. Aún perseguían el Sueño Americano, aquella visión del Gran Ganador surgiendo del caos final del preamanecer de un rancio casino de Las Vegas.

Gran golpe de suerte en Silver City. Haga saltar la banca y vuelva rico a casa. ¿Por qué no? Paré en la Rueda de la Fortuna y eché un dólar a Thomas Jefferson... un billete de dos dólares, el ticket del Buen Freak, pensando como siempre que una apuesta instintiva hecha al azar podría dar el premio.

Pero no. Sólo otros dos dólares por el retrete. ¡Cabrones!

No, calma, aprende a *gozar* perdiendo. Lo importante es hacer este reportaje en sus propios términos; dejar el otro asunto para *Life* y *Look*... al menos por ahora. Bajando la escalera mecánica vi al hombre de *Life* febrilmente retorcido en la cabina telefónica, canturreando su sabiduría en los oídos de algún robot cornudo en un cubículo de aquella otra costa. Sin duda: «LAS VEGAS AL AMANECER: Los corredores aún duermen, el polvo aún está quieto en el desierto, los cincuenta mil dólares del premio dormitan oscuramente en la caja de caudales del fabuloso Mint Hotel, en el luminoso corazón de *Casino Center*. Máxima tensión. Y aquí está nuestro equipo de *Life* (con una sólida escolta policial, como siempre...).» Pausa.

–Sí, telefonista, la palabra fue *policial*. ¿Qué más? Eso es todo, en realidad, un Especial *Life*...

El Tiburón Rojo estaba allí fuera en Fremon, donde lo habíamos dejado. Di vuelta hasta el garaje y lo dejé allí... el coche del doctor Gonzo, no hay problema, y si alguno de los empleados tiene un rato, que le dé una mano de cera para mañana. Sí, claro... la factura a la habitación.

Cuando volví, mi abogado estaba en la bañera. Sumergido en agua verde... aceitoso producto de unas sales de baño japonesas que había cogido en la tienda de regalos del hotel, junto con una radio nueva AM/FM que tenía conectada al enchufe de la afeitadora. A todo volumen. Un galimatías de una cosa llamada «Three Dog Night», sobre una rana que se llamaba Jeremías y que quería «Alegría para el mundo».

Primero Lennon, ahora esto, pensé. Luego veremos a Glenn Campbell aullando «¿Adónde se fueron todas las flores?».

¿Adónde, en realidad? En esta ciudad no hay flores, sólo plantas carnívoras.

Bajé el volumen y vi un montón de papel blanco mascado junto a la radio. Mi abogado pareció no enterarse del cambio de volumen. Estaba perdido en una niebla de vapores verdes. Sólo se le veía la mitad de la cabeza por encima de la línea del agua.

–¿Te comiste esto tú? –pregunté, alzando el papel blanco.

Me ignoró. Pero lo supe. Sería muy difícil llegar a él las próximas seis horas. Se había masticado todo el secante.

–Cabrón, hijoputa –dije–. Reza porque haya algo de torazina en el maletín, si no lo vas a pasar muy mal mañana.

–¡Música! –masculló con una risilla–. Más alto. ¡Y el magnetófono!

63

–¿Qué magnetófono?

–El nuevo. Está dentro.

Cogí la radio y me di cuenta de que era también magnetófono, uno de esos chismes que tienen una unidad de cassette incorporada. La cinta era *Cojín Surrealista*; sólo había que darle la vuelta. Había oído ya toda una parte ...a un volumen tal que debía haber llegado a todas las habitaciones en un radio de cien metros, a pesar de las paredes.

–«Conejo Blanco» –dijo–. Quiero un ruido *creciente*.

–Estás listo –dije–. Me voy de aquí a dos horas... Y entonces subirán a esta habitación y te machacarán los sesos con grandes cachiporras. Ahí mismo, en esa bañera.

–Yo me cavo mis tumbas –dijo él–. Agua verde y el Conejo Blanco... Venga, no me obligues a usar esto.

Brotó el brazo del agua, el cuchillo de caza sujeto en el puño.

–Hostias –murmuré.

Y en ese momento pensé que no se podía hacer nada ya por mi abogado... allí tumbado en la bañera con la cabeza llena de ácido y el cuchillo más afilado que he visto en mi vida, totalmente incapaz de razonar, exigiendo el «Conejo Blanco». Se acabó, pensé. He ido ya todo lo lejos que podía con este cabeza hueca. Esta vez es un viaje suicida. Esta vez lo quiere. Está dispuesto...

–Vale, vale –dije, dando vuelta a la cinta y apretando el botón–. Pero hazme un último favor, ¿lo harás? ¿Puedes darme dos horas? Sólo te pido eso... que me dejes dormir dos horas. Sospecho que va a ser un día difícil.

–Por supuesto –dijo él–. Soy tu *abogado*. Te daré todo el tiempo que necesites, a mis honorarios normales: cuarenta y cinco dólares la hora... pero querrás dar algo más a cuenta, me imagino, ¿por qué no dejas uno de esos billetes de cien dólares ahí junto a la radio y te largas?

–¿Vale un cheque? –dije–. Del Banco Nacional de Sierradientes. Allí no necesitarás carnet de identidad para cobrarlo. Me conocen.

—Vale cualquier cosa —dijo él, y empezó a retorcerse al compás de la música.

El baño era como el interior de un inmenso altavoz defectuoso. Nefandas vibraciones, ruido insoportable. Suelo lleno de agua. Separé la radio cuanto pude de la bañera y luego salí y cerré la puerta.

Segundos después, me gritaba:

—¡Socorro! ¡Eh, tú, cabrón! ¡Necesito ayuda!

Volví corriendo, pensando que se habría cortado una oreja sin darse cuenta.

Pero no... intentaba llegar desde la bañera a la estantería de formica blanca donde estaba la radio.

—Quiero esa radio maldita —bufaba.

Se la quité de la mano.

—¡Imbécil! —dije—. ¡Vuelve a esa bañera! ¡Deja esa radio de una puta vez!

Volví a quitársela de la mano. Estaba tan alta que resultaba difícil saber lo que tocaban a menos que conocieses *Cojín Surrealista* casi nota a nota... que era mi caso, por entonces. Por lo cual supe que había terminado «Conejo Blanco». El punto álgido había llegado y pasado.

Pero al parecer mi abogado no lo entendía. Él quería más.

—¡Otra vez! —gritó—. ¡Necesito oírlo otra vez!

Sus ojos eran ahora locura absoluta, no podía centrarlos. Parecía al borde de una especie de orgasmo psíquico totalmente sobrecogedor...

—¡Ponla otra vez! —aullaba—. ¡A todo lo que dé ese trasto! Y cuando llegue esa fantástica nota en que el Conejo se arranca la cabeza de un mordisco, quiero que tires esa maldita radio aquí a la bañera conmigo.

Le miré fijamente, agarrando con fuerza la radio.

—Ni hablar —dije por fin—. Me gustaría mucho meter un aguijón eléctrico de cuatrocientos cuarenta voltios en esa bañera ahora mismo. Pero esta radio *no*. Te haría atravesar esa pared... liquidado en diez segundos.

65

Luego me eché a reír.

–Me obligarían a *explicarlo*, coño... me someterían a uno de esos interrogatorios tan jodidos para que explicara... sí... los *detalles exactos*. No me apetece nada.

–¡Chorradas! –gritó él–. ¡No tienes más que decirles que yo quería *Subir Más!*

Lo pensé un momento.

–Vale, vale –dije por fin–. Tienes razón. Probablemente sea la única solución.

Cogí el radiocasete (que estaba aún enchufado) y lo puse sobre la bañera.

–Espera que compruebe si está todo aclarado –dije–. Tú quieres que yo tire este trasto en la bañera en mitad de «Conejo Blanco», ¿no es eso?

Se tumbó en el agua y sonrió agradecido.

–Sí, joder –dijo–. Empezaba a pensar que iba a tener que salir para decirle a una de esas malditas *doncellas* que lo hiciera.

–No te preocupes –dije–. ¿Listo?

Apreté el botón y empezó a alzarse otra vez «Conejo Blanco». Casi inmediatamente, él empezó a aullar y gemir... otra vez a la carrera por la ladera arriba de aquella montaña, pensando que, ahora, llegaría por fin a la cima. Tenía los ojos cerrados muy fuerte y sólo le sobresalían del agua verde y aceitosa la cabeza y la punta de las rodillas.

Dejé que la canción siguiera y busqué entre el montón de pomelos maduros y gordos que había junto al lavabo. El más grande pesaba ochocientos gramos. Agarré aquel cabrón... y justo cuando «Conejo Blanco» llegaba al punto culminante, lo dejé caer en la bañera como una bala de cañón.

Mi abogado lanzó un alarido descomunal, se estiró en la bañera como tiburón detrás de carne, llenando el suelo de agua, mientras luchaba por agarrar algo.

Desenchufé la radio y salí de allí a toda prisa... El aparato seguía funcionando, pero volvía a hacerlo otra vez con su inofensiva batería. Fui oyendo cómo se enfriaba el ritmo mientras cruzaba la habitación hasta el maletín y sacaba la lata de Mace... justo en el momento en que mi abogado abría de un golpe la puerta del baño e irrumpía furioso en la sala. Aún tenía los ojos extraviados, pero enarbolaba el cuchillo como si estuviese dispuesto a cortar algo.

–¡Mace! –grité–. ¿Quieres de *esto?*

Agité la bomba de Mace ante sus ojos acuosos.

Se detuvo.

–¡Cabrón! –silbó–. Ibas a hacerlo, ¿no?

Me eché a reír, sin dejar de agitar la bomba ante él.

–No te preocupes, hombre, te *gustará.* Qué coño, no hay nada en el mundo como un coloque de Mace... cuarenta y cinco minutos de rodillas con náuseas secas, ahogándote. Te calmará inmediatamente.

Él miraba fijo más o menos en mi dirección, intentando centrar la vista.

–¡Blanco mamón, hijoputa! –mascullaba–. Ibas a hacerlo, ¿no?

–Pero vamos, hombre –dije–. ¡Qué demonios pasa, hace sólo un minuto estabas pidiéndome que te *matara!* ¡Y ahora quieres *matarme* tú a mí! ¡Lo que debía hacer, maldita sea, es llamar a la *policía!*

Se encogió.

–¿La pasma?

Asentí.

–Sí, no hay elección. No me atrevería a dormir estando tú por aquí en las condiciones que estás... la cabeza llena de ácido y queriendo hacerme picadillo con ese maldito cuchillo.

Revolvió los ojos un momento y luego intentó sonreír.

–¿Quién habló de hacerte picadillo? –masculló–. Yo sólo quería grabarte una zeta pequeñita en la frente... nada serio...

Luego, se encogió de hombros y cogió un cigarrillo de encima del televisor.

Yo volví a amenazarle con la lata de Mace.

—Vuelve a esa bañera –dije–. Tómate unas rojitas...[1] y procura calmarte. Fuma un poco de hierba, ponte un pincho... cojones, haz lo que *tengas* que hacer, pero déjame dormir un poco.

Se encogió de hombros y sonrió vagamente, como si todo lo que yo había dicho fuese muy razonable.

—Sí, qué coño –dijo con vehemencia–. *Necesitas* realmente dormir algo. Mañana tienes que *trabajar*.

Luego cabeceó con cierta tristeza y se volvió hacia el baño.

—¡Maldita sea! ¡Qué mal viaje!

Luego me hizo un gesto de despedida.

—Venga, a descansar –dijo–. No estés levantado por mí.

Asentí y vi como entraba arrastrando los pies en el baño... con el cuchillo aún en la mano, aunque no parecía ya darse cuenta de él. El ácido le había cambiado las marchas por dentro; la fase siguiente probablemente sería una de esas pesadillas infernales de introspección profunda. Cuatro horas más o menos de desesperación catatónica, pero nada físico, nada peligroso. Vi cerrarse la puerta tras él y luego tranquilamente deslicé un pesado sillón de agudos bordes contra la puerta del baño y puse la lata de Mace junto al despertador.

La habitación estaba muy tranquila. Me acerqué al televisor y lo encendí en un canal muerto... ruido blanco a decibelios máximos, una música excelente para dormir, un poderoso silbido constante para ahogar cualquier cosa rara.

1. *Reds:* seconal, un barbitúrico cualquiera. También en inglés se dice «rojitos-as» a nivel underground. *(N. de los T.)*

8. «LOS GENIOS DE TODO EL MUNDO SE DAN LA MANO, Y UN ESCALOFRÍO DE IDENTIFICACIÓN RECORRE TODO EL CÍRCULO.» ART LINKLETTER

Vivo en un sitio tranquilo, donde un ruido de noche significa que va a pasar algo: te despiertas rápido, pensando ¿qué significa *eso?*

Normalmente, nada. Pero a veces resulta difícil adaptarse a un trabajo urbano cuando la noche está llena de ruidos, todos ellos rutina normal. Coches, bocinas, pisadas... no hay manera de relajarse. Así que lo ahogas todo con el blanco y delicado rumor de un televisor bizco. Pones el chisme entre canales y te duermes apaciblemente...

Ignora esa pesadilla del baño. No es más que otro repugnante refugio de la Generación del Amor, otro lisiado, otro condenado sin remedio que es incapaz de soportar la presión. Mi abogado nunca ha sido capaz de aceptar la idea (que tan a menudo exponen drogadictos reformados y que es especialmente popular entre quienes están en libertad vigilada) de que se puede subir muchísimo más sin drogas que con ellas.

Claro que en realidad tampoco yo la acepto.

Pero viví una vez muy cerca del Dr..., en la calle...[1] Un antiguo gurú del ácido que luego pretendía haber dado ese gran salto del frenesí químico a la conciencia preternatural. Una hermo-

---

1. Se suprimieron los nombres a petición del abogado del editor.

sa tarde, durante las primeras embestidas de lo que pronto se convertiría en la Gran Ola del Ácido de San Francisco, paré en casa del Buen Doctor con la idea de preguntarle (dado que era ya entonces una autoridad reconocida en drogas) qué tipo de consejo le daría a un vecino que sentía una sana curiosidad por el LSD.

Aparqué allí y subí el camino de grava, deteniéndome en ruta para saludar cortésmente a su mujer, que estaba trabajando en el jardín bajo el ala de un inmenso sombrero segador... una buena escena, pensé: el viejo está dentro preparando uno de sus fantásticos guisos-droga, y ahí vemos a su mujer en el jardín, podando zanahorias, o lo que sea... canturreando además una melodía que no conseguí identificar.

Canturreaba, sí... Pero habrían de pasar casi diez años para que yo identificase de verdad aquella canción: como Ginsberg perdido en el OM, estaba intentando *echarme tarareando*. Porque no era la señora la que estaba allí fuera en el jardín: era el buen doctor *mismo*... y su tarareo una frenética tentativa de impedirme entrar en su conciencia superior.

Intenté varias veces explicarme: era sólo un vecino que venía a pedirle al doctor consejo sobre si era prudente o no engullir un poco de LSD allí en mi choza, al lado de su casa. En fin, yo tenía armas. Y me gustaba disparar... sobre todo de noche, cuando salía una gran llama azul, además de todo aquel ruido... y, sí, las balas, también. Eso no podíamos ignorarlo. Grandes bolas de aleación de plomo volando alrededor del valle a velocidades superiores a los mil doscientos treinta metros por segundo.

Pero yo siempre disparaba a la colina más próxima, o, en caso contrario, a la oscuridad. No pretendía hacer daño; sólo me gustaban las explosiones y procuraba siempre no matar más de lo que pudiese comer.

¿«Matar»? Me di cuenta de que nunca podría explicar claramente esa palabra a aquella criatura que trabajaba allí en su jardín. ¿Habría comido alguna vez carne aquella criatura? ¿Sería capaz de conjugar el verbo «cazar»? ¿Comprendía el hambre? ¿O aceptaría el terrible hecho de que mis ingresos eran aquel año de una media de treinta y dos dólares semanales?

No, no había esperanza de comunicación allí. Pronto me di cuenta de ello... pero no lo bastante como para impedir que el doctor Droga me achuchase canturreando a lo largo de su camino hasta mi coche y luego colina abajo. Olvida el LSD, pensé. Mira lo que le ha hecho a *ese* pobre cabrón.

Así que seguí con el hachís y con el ron otros seis meses o así, hasta que me trasladé a San Francisco y me vi una noche en un sitio llamado El Auditorio Fillmore. Y eso bastó. Un terrón de azúcar gris y BUM. Mentalmente, había vuelto allí, al jardín del doctor. No por la superficie, sino *por debajo de la tierra...* brotando a través de aquella tierra delicadamente cultivada como una especie de hongo mutante. Una víctima de la Explosión de la Droga. Un drogadicto nato de la calle, de los que se comen todo lo que les cae en las manos. Recuerdo que una noche en el Matrix entró un viajero con un gran paquete a la espalda gritando: «¿Alguien quiere un poco de L... S... D...? Tengo aquí todo el material. Sólo necesito un sitio para prepararlo.»

El encargado se le echó encima, murmurando:

–Calma, calma, vamos a la parte de atrás.

No volví a verle después de aquella noche, pero antes de que se lo llevaran, el viajero distribuyó sus muestras, que eran inmensas cápsulas blancas. Entré en el retrete de caballeros para tomar la mía. Pero primero sólo la mitad, pensé. Buena idea, aunque algo difícil de realizar, dadas las circunstancias. Tomé la primera mitad, pero derramé el resto en la manga de mi camisa roja Pendleton... Y luego, cuando me preguntaba qué hacer con aquello, vi que entraba uno de los músicos.

–¿Qué pasa? –dijo.

–Bueno –dije–. Todo este material de mi manga es LSD.

No dijo nada: sólo me agarró el brazo y empezó a chuparlo. Una escena muy rara. Me pregunté qué pasaría si se aventurase por allí casualmente algún corredor de bolsa joven/Trío Kingston y nos cazase en plena función. Que se joda, pensé. Con un poco de suerte, esto le destrozará la vida... pensará constantemente que detrás de alguna estrecha puerta, en todos sus bares favoritos, hay hombres de camisas rojas Pendleton corriéndose juergas increíbles con cosas que él no conocerá jamás. ¿Se atrevería a chupar una manga? Probablemente no. Calma. Finge que no lo viste...

Extraños recuerdos en esta inquietante noche de Las Vegas. ¿Cinco años después? ¿Seis? Parece toda una vida, o al menos una Era Básica: el tipo de punto culminante que no se repite. San Francisco a mitad de los sesenta fueron una época y un lugar muy especiales para quienes los vivieron. Quizá *significase algo*, quizá no, a la larga... pero ninguna explicación, ninguna combinación de palabras o música o recuerdos puede rozar esa sensación de saber que tú estabas allí y vivo en aquel rincón del tiempo y del mundo. Significase lo que significase...

La historia es algo difícil de conocer, debido a todos esos cuentos pagados, pero aun sin estar seguro de la «Historia» parece muy razonable pensar que de vez en cuando la energía de toda una generación se lanza al frente en un largo y magnífico fogonazo, por razones que no entiende nadie, en realidad, en el momento... y que nunca explican, retrospectivamente, lo que de verdad sucedió.

Mi recuerdo básico de esa época parece anclarse en una o cinco o quizá cuarenta noches (o mañanas muy temprano) que salí del Fillmore medio loco y, en vez de irme a casa, enfilaba la gran Lightning 650 por el puente de la Bahía a ciento sesenta por hora ataviado con unos pantalones cortos y una zamarra de pastor... y cruzaba zumbando el túnel de Treasure Island bajo las luces de Oakland y Berkeley y Richmond, sin saber a ciencia cierta qué vía tomar cuando llegase al otro lado (la moto se calaba siempre en la barrera de peaje, yo iba demasiado pasado para encontrar el punto muerto mientras buscaba cambio)... pero absolutamente seguro de que fuese en la dirección que fuese, encontraría un sitio donde habría gente tan volada y cargada como yo: de eso no había duda...

Había locura en todas direcciones, a cualquier hora. Si no al otro lado de la Bahía, por Golden Gate arriba, o hacia abajo, de 101 a Los Altos o La Honda... en todas partes saltaban chispas. Había una fantástica sensación universal de que hiciésemos lo que hiciésemos era *correcto*, de que estábamos ganando...

Y esto, creo yo, fue el motivo... aquella sensación de victoria inevitable sobre las fuerzas de lo Viejo y lo Malo. No en un sentido malvado o militar; no necesitábamos eso. Nuestra energía *prevalecería* sin más. No tenía ningún sentido luchar... ni por parte nuestra ni por la de ellos. Teníamos todo el impulso; íbamos en la cresta de una ola alta y maravillosa...

Así que, en fin, menos de cinco años después, podías subir a un empinado cerro en Las Vegas y mirar al Oeste, y si tenías vista suficiente, podías *ver* casi la línea que señalaba el nivel de máximo alcance de las aguas... aquel sitio donde el oleaje había roto al fin y había empezado a retroceder.

9. NINGUNA SIMPATÍA POR EL DIABLO... ¿PERIODISTAS TORTURADOS...? FUGA HACIA LA LOCURA

La decisión de huir llegó bruscamente. O puede que no. Puede que lo hubiese planeado todo... que esperase subconscientemente el momento adecuado. Creo que un factor fue la factura. Porque no tenía dinero para pagarla. Y no más tratos diabólicos tarjeta-crédito/reembolso. No después de tratar con Sidney Zion. Después de ésa me agarraron mi tarjeta del American Express, y los cabrones me demandaron... junto con los del Diner's Club y los de Hacienda...

Y además, la responsable legal era la revista. Mi abogado ya había pensado en eso. No firmamos nada. Salvo los recibos aquellos del servicio de habitaciones. No llegamos a saber el total, pero (justo antes de que nos fuésemos) mi abogado calculó que llevábamos una media de veintinueve a treinta y seis dólares por hora, durante cuarenta y ocho horas seguidas.

—Increíble —dije yo—. ¿Cómo pudo pasar?

Pero cuando formulé esta pregunta, no había nadie al lado para contestarla. Mi abogado ya se había ido.

Debió olerse el problema. El lunes por la noche encargó al servicio de habitaciones un equipo de maletas de cuero de la mejor calidad y luego me dijo que tenía reservas para el primer avión a Los Ángeles. Dijo que teníamos que darnos prisa. Y, camino del aeropuerto, me sacó veinticinco dólares prestados para el billete.

Le vi marchar, luego volví a la tienda de souvenirs del aeropuerto y gasté lo que me quedaba en metálico en basura... mierdas absolutas, recuerdos de Las Vegas, encendedores Zippo de imitación, de plástico, con ruleta incorporada, por seis dólares noventa y cinco, sujetabilletes de medio dólar John Fitzgerald Kennedy a cinco dólares la pieza, monos de lata que tiraban dados por siete dólares y medio... cargué toda esta basura y luego la llevé al Gran Tiburón Rojo y la descargué en el asiento de atrás... y luego me puse al volante muy dignamente (la capota blanca bajada, como siempre), me acomodé allí, puse la radio y empecé a pensar.

¿Cómo resolvería Horatio Alger esta situación?

Una calada sobre la marcha, Dios... una calada sobre la marcha.

Pánico. Me treparon por la columna lo que parecían las primeras vibraciones que provoca el frenesí del ácido. Todas aquellas horribles realidades empezaron a aflorar en mí: allí estaba, completamente solo en Las Vegas con aquel maldito coche, un coche increíblemente caro, absolutamente pasadísimo, sin abogado, sin dinero, sin reportaje para la revista... y por si fuese poco, además tenía que enfrentarme con una gigantesca factura de hotel. Habíamos pedido desde aquella habitación todo lo que podían transportar manos humanas... incluyendo unas seiscientas pastillas de jabón Neutrogena translúcido.

Tenía todo el coche lleno de él: el suelo, los asientos, la guantera. Mi abogado había establecido una especie de acuerdo con las doncellas mestizas de nuestra planta para que nos entregaran aquel jabón (seiscientas pastillas de esa extraña mierda transparente) y ahora era todo mío.

Junto con aquella cartera de plástico que vi de pronto allí a mi lado en el asiento delantero. Alcé ese chisme y supe de inmediato lo que contenía. Ningún abogado samoano en su sano juicio se arriesga a cruzar las puertas de una compañía aérea comercial, provistas de un detector de metales, con un Magnum 357 gordo y negro sobre su persona...

Así que me la había dejado a mí, para que se la llevara... si conseguía volver a Los Ángeles. En caso contrario... bueno, ya me oía hablando con la Patrulla de Autopistas de California:

¿Qué? ¿Esta arma? ¿Este Magnum 357 cargado, sin licencia, oculto y quizá caliente? ¿Que qué hago con él? Bueno, verá, agente, yo salí de la carretera cerca de Mescal Springs (por consejo de mi abogado, que posteriormente desapareció) y, de pronto, estaba yo dando vueltas por aquella charca desierta, yo solo, sin ningún objetivo concreto, sin más se me apareció delante aquel tipejo de barba, fue como si surgiera de la nada, y llevaba aquel horrible cuchillo de linóleo en una mano y ese inmenso resólver negro en la otra... y me propuso grabarme una gran X en la frente en memoria del teniente Calley... pero cuando le dije que era doctor en periodismo, cambió radicalmente de actitud. Sí, usted probablemente no lo crea, agente, pero de pronto tiró aquel cuchillo en las salobres aguas mescalinosas, allí, a nuestros pies, y luego me dio este revólver. Sí, sí, eso es, me lo puso en la mano, dándomelo por la culata, y luego salió corriendo y desapareció en la oscuridad.

Por eso tengo esta arma, agente. ¿Puede usted creerlo?

No.

De cualquier modo yo no estaba dispuesto a tirar aquel trasto. Un buen 357 es una cosa difícil de conseguir, en estos tiempos.

Así que pensé, bueno, si logro pasar este trasto a Malibú, para *mí*. Si corro el riesgo, me quedo con el revólver: era muy razonable. Y si aquel cerdo samoano quería jaleo, si quería venir a armar escándalo a mi casa, le daría una prueba de aquel chisme de la mitad para arriba del fémur. Sin bromas. Ciento cincuenta y ocho grains de aleación de plomo semiencamisado viajando a 500 metros por segundo, significan más o menos veinte kilos de hamburguesa samoana mezclada con esquirlas de hueso. ¿Por qué no?

Locura, locura... y, entretanto, completamente solo allí con el Gran Tiburón Rojo en el aparcamiento del aeropuerto de Las

76

Vegas. Al diablo este pánico. Contrólate. *Aguanta.* Durante las próximas veinticuatro horas, esto del control personal será decisivo. Aquí estoy sentado, solo en este jodido desierto, en este nido de locos armados, con un peligrosísimo cargamento de alto riesgo, horrores y responsabilidades que *debía* llevar de vuelta a Los Ángeles, porque si me enganchaban aquí estaba perdido. Jodido del todo. De eso no había duda. Dirigir el semanario de la jaula del estado no era ningún futuro para un doctor en periodismo. Mejor salir zumbando de aquel estado atávico a toda pastilla. Inmediatamente. Pero, primero... había que volver al Mint Hotel y hacer efectivo un cheque de cincuenta dólares, luego subir a la habitación y pedir por teléfono dos bocadillos, dos litros de leche, una jarra de café y una botella de Bacardí añejo.

El ron será absolutamente necesario para pasar esta noche; para poner en claro estas notas, este diario vergonzoso... mantener la grabadora aullando toda la noche al máximo volumen: «Permitidme que me presente... soy un hombre rico y de buen gusto.»

¿Simpatía?

Para mí no.

En Las Vegas no hay piedad para un delincuente drogado. Este lugar es como el Ejército: prevalece la moral del tiburón, la de devorar a los heridos. En una sociedad cerrada en la que todo el mundo es culpable, el único delito es que te cojan. En un mundo de ladrones, el único gran pecado es la estupidez.

Es una sensación rara la de estar sentado en un hotel de Las Vegas a las cuatro de la mañana con un cuaderno y una grabadora, en una suite de setenta y cinco dólares al día y con una fantástica factura del servicio de habitaciones, acumulada en cuarenta y ocho horas de locura absoluta, sabiendo que en cuanto amanezca tendrás que huir sin pagar ni un mísero centavo... tendrás que cruzar el vestíbulo de estampida y pedir en el garaje tu descapotable rojo y estar esperándolo con una maleta llena de marihuana y armas ilegales... intentando fingir tranquilidad y despreocupación, mientras hojeas la primera edición matutina del *Las Vegas Sun*.

Ésta era la última etapa. Había sacado todo el pomelo y el resto del equipaje del coche unas horas antes. Ahora todo era cuestión de apretar el lazo: sí, una actitud de lo más despreocupada, los ojos alucinados ocultos tras esas gafas de sol espejadas Saigón... esperando que llegara el Tiburón. ¿Dónde está? Le di a ese bribón del aparcamiento cinco dólares, una inversión de primera magnitud, en este momento.

Calma, sigue leyendo el periódico. El primer reportaje era un titular de un azul chillón que iba de lado a lado de la primera página:

LA POLICÍA VUELVE A DETENER AL TRÍO SOSPECHOSO EN EL CASO DE LA MUERTE DE LA REINA DE LA BELLEZA

Sobredosis de heroína fue la causa oficial que se facilitó de la muerte de la bella Diane Hamby, de diecinueve años, cuyo cadáver fue hallado embutido en una nevera la semana pasada, según la oficina del forense del condado de Clark. Los investigadores del equipo de homicidios del sheriff que fueron a detener a los sospechosos dijeron que uno de ellos, una mujer de veinticuatro años, intentó precipitarse por las puertas de cristal de su remolque pero que se lo impidió la policía. Según los funcionarios, estaba, al parecer, histérica y gritaba: «Jamás me cogeréis viva.» Pero los policías la esposaron y, según parece, no sufrió daño alguno...

SUPUESTAS MUERTES DE INFANTES DE MARINA POR DROGA

WASHINGTON (AP) - Un informe de un subcomité del Congreso dice que han muerto por uso de drogas ilegales ciento sesenta infantes de Marina norteamericanos el último año, cuarenta de ellos en Vietnam... Se sospecha que la droga fue también causa, dice el informe, de otras cincuenta y seis muertes de militares en Asia y en la región del Pacífico... el informe dice también que aumenta la gravedad del problema de la heroína en Vietnam, sobre todo por los laboratorios de procesado que hay en Laos, Tailandia y Hong Kong. «La represión de la droga en Vietnam es casi completamente nula», dice el informe, «en parte por la ineficacia de la policía local, y en parte porque están involucrados en el tráfico de drogas algunos funcionarios corruptos no identificados hasta el momento, que ocupan cargos públicos.»

A la izquierda de esta lúgubre noticia, había una foto en la página central a cuatro columnas de la ciudad de Washington, con policías luchando contra «jóvenes manifestantes contrarios a la guerra» que organizaron una sentada y bloquearon el acceso a las Oficinas Centrales del Servicio de Reclutamiento».

Y junto a la foto, había un gran titular en letras negras: SE HABLA DE TORTURA EN LAS AUDIENCIAS SOBRE LA GUERRA.

WASHINGTON - Testigos voluntarios dieron cuenta a un equipo no oficial del Congreso ayer de que, mientras servían como interrogadores militares, solían utilizar clavijas telefónicas eléctricas para torturar a prisioneros vietnamitas, a los que tiraban desde helicópteros para matarles. Un especialista del servicio secreto del Ejército dijo que la muerte por un tiro de pistola de su intérprete china fue justificada por un superior que dijo: «En realidad no era más que un bicho amarillo», queriendo decir que era asiática...

Justo debajo de esta noticia, había un titular que decía: CINCO HERIDOS JUNTO A UN BLOQUE DE VIVIENDAS EN NUEVA YORK... por un pistolero no identificado que disparaba desde el tejado de un edificio, sin ningún motivo visible. Esto estaba justo encima de un titular que decía: FARMACÉUTICO DETENIDO

BAJO INVESTIGACIÓN... «resultado», explicaba el artículo, «de una investigación preliminar (de una farmacia de Las Vegas) que indicaba la falta de unas cien mil píldoras consideradas drogas peligrosas...»

Leer la primera página me hizo sentirme muchísimo mejor. Frente a aquellas cosas nefandas, mis delitos eran pálidos e insignificantes. Yo era un ciudadano relativamente respetable... un delincuente múltiple, quizá, pero desde luego no peligroso. Y cuando el Gran Apuntador fuese a anotar contra mi nombre, esto tenía que reflejarse, sin duda.

¿O no? Pasé a la página de deportes y vi un pequeño suelto sobre Muhammad Alí; su caso estaba ante el Tribunal Supremo, la última apelación. Había sido condenado a cinco años de cárcel por *negarse* a matar «amarillos».

—Yo no tengo nada contra esos vietcongs —dijo.

Cinco años.

10. INTERVIENE LA WESTERN UNION: UN AVISO DE... EL SEÑOR HEEM... NUEVA MISIÓN DE LA SECCIÓN DE DEPORTES Y UNA SALVAJE INVITACIÓN DE LA POLICÍA

De pronto volví a sentirme culpable. ¡El Tiburón! ¿Dónde estaba? Aparté el periódico y empecé a pasear. Perdí el control. Tenía la sensación de que toda mi comedia se desmoronaba... y entonces vi el coche que bajaba por una rampa del garaje de al lado.

¡Entrega en mano! Cogí la bolsa de cuero y me lancé rápidamente a recuperar mis ruedas.

–¡Señor Duke!

La voz me llegó por encima del hombro.

–¡Señor Duke! ¡Andábamos buscándole!

A punto estuve de desmayarme allí mismo en la acera. Todas las células de mi cuerpo y de mi cerebro se encogieron. No, pensé, debo estar alucinado, no hay nadie ahí detrás. Nadie me llama... es un espejismo paranoico, es psicosis anfetamínica... tú sigue andando hacia el coche, sin dejar de sonreír.

–¡Señor Duke! ¡Espere!

Bueno... ¿por qué no? En la cárcel se han escrito libros excelentes. Y no es que sea un total desconocido allá en Carson City. El guardián me reconocerá; y el presidiario jefe... les entrevisté una vez para el *New York Times*. Junto con muchos otros presidiarios y guardias y polis y sinvergüenzas diversos que al no aparecer en el artículo se pusieron desagradables por correo.

¿Por qué no?, preguntaban. Querían que se contasen sus historias. Y era difícil explicar en aquellos círculos que todo lo que me contaron fue a la papelera, o al menos al archivo de los cadáveres, porque los primeros párrafos que escribí no le gustaron a algún editor a cuatro mil kilómetros y medio de allí... algún nervioso zángano detrás de un escritorio de fórmica gris en las entrañas de una burocracia periodística que ningún presidiario de Nevada entenderá jamás... y que, finalmente, el artículo murió en la parra, como si dijésemos, porque me negué a reescribir el principio. Razones personales...

Todo lo cual no tendría mucho sentido en comisaría. Pero, ¿qué demonios? ¿A qué preocuparse por detalles? Volví la cara a mi acusador, un joven chupatintas pequeñito con una gran sonrisa y un sobre amarillo en la mano.

–He estado llamando a su habitación –dijo–. Luego vi que estaba usted aquí fuera.

Cabeceé, demasiado cansado para resistir. Por entonces, el Tiburón estaba a mi lado, pero ya no tenía objeto ni siquiera echar dentro el maletín. El juego había terminado. Me habían cogido.

El empleado seguía sonriendo.

–Acaba de llegar este telegrama para usted –dijo–. Pero en realidad *no es* para usted. Viene dirigido a un tal Thompson. Pero luego dice: «A la atención de Raoul Duke». ¿Tiene sentido eso?

Me sentí mareado. Era demasiado para asimilarlo todo de una vez. De la libertad a la cárcel y luego otra vez a la libertad... todo en treinta segundos. Retrocedí tambaleante y me apoyé en el coche, sintiendo los blancos pliegues de la lona de la capota bajo la mano temblorosa. El empleado, sonriendo aún, me alargó el telegrama.

Cabeceé, casi incapaz de hablar.

–Sí –dije al fin–, tiene sentido.

Acepté el sobre y lo abrí:

COMUNICADO URGENTE
HUNTER S. THOMPSON C/O RAOUL DUKE
SUITE INSONORIZADA 1850
MINT HOTEL LAS VEGAS

LLÁMAME INMEDIATAMENTE REPITO INMEDIATAMENTE TE-
NEMOS NUEVA MISIÓN A INICIAR MAÑANA TAMBIÉN LAS VE-
GAS NO TE VAYAS STOP LA CONFERENCIA NACIONAL DE FIS-
CALES DE DISTRITO TE INVITA A SU SEMINARIO DE CUATRO
DÍAS SOBRE NARCÓTICOS Y DROGAS PELIGROSAS EN EL DU-
NES HOTEL STOP ROLLING STONE LLAMÓ QUIEREN CIN-
CUENTA MIL PALABRAS BUEN PRECIO TODOS LOS GASTOS
INCLUIDAS TODAS LAS MUESTRAS STOP TENEMOS RESERVAS
FLAMINGO HOTEL Y CADILLAC BLANCO DESCAPOTABLE STOP
TODO ARREGLADO LLAMA ENSEGUIDA PARA DETALLES UR-
GENTE REPITO URGENTE STOP

                                        DOCTOR GONZO

–¡Hostias! –murmuré–. ¡No puede ser verdad!

–¿Quiere decir que no es para usted? –preguntó el empleado,
súbitamente nervioso–. Comprobé en el registro de inscripciones
para ver si estaba ese Thompson y no figura, pero supuse que for-
maría parte del equipo de usted.

–Sí, sí –dije rápidamente–. No se preocupe. Yo se lo daré.

Tiré el maletín en el asiento delantero del Tiburón, antes de
que expirase el aplazamiento de mi ejecución. Pero el empleado
aún sentía curiosidad.

–¿Y qué pasa con el doctor Gonzo? –dijo.

Le miré fijamente dándole una ración completa de gafas de
espejo.

–Está bien –dije–. Pero tiene muy mal genio. El doctor es
quien se encarga de nuestras finanzas, hace todos nuestros *planes*.

Me deslicé tras el volante y me dispuse a arrancar.

–Lo que nos confundió –dijo–, fue la firma del doctor Gonzo en este telegrama de Los Ángeles, cuando sabíamos que estaba aquí en el hotel.

Luego se encogió de hombros y continuó:

–Y luego que el telegrama estuviese dirigido a un cliente que no podíamos localizar... En fin, esta demora fue inevitable. Supongo que lo comprende...

Asentí, impaciente por huir.

–Hizo usted lo que tenía que hacer –dije–. Jamás intente entender un mensaje de la prensa. La mitad de las veces utilizamos clave... sobre todo el doctor Gonzo.

Volvió a sonreír, pero esta vez parecía algo raro.

–Dígame –dijo–, ¿cuándo despertará el doctor?

Me puse tenso, allí detrás del volante.

–¿Despertar? ¿Qué quiere decir?

Parecía incómodo.

–Bueno... el director, el señor Heem, quiere hablar con él.

Su sonrisa pasó a ser claramente malévola.

–Nada de particular. Es que al señor Heem le gusta conocer personalmente a todos los clientes que tienen cuentas *grandes*... para tener un contacto personal con ellos... sólo una charla y un apretón de manos, ¿comprende?

–Claro, claro –dije–. Pero si yo fuese usted dejaría en paz al doctor hasta después de que desayune. Es un hombre muy violento.

El empleado asintió maliciosamente.

–Pero supongo que *estará* disponible... ¿a última hora de la mañana, quizá?

Comprendí adónde quería ir a parar.

–Mire –dije–. Este telegrama estaba todo equivocado. Era en realidad *de* Thompson, no *para* él. Los de la Western Union han debido tomar los nombres cambiados.

Alcé el telegrama, sabiendo que ya lo había leído.

–Esto en realidad es –dije– un aviso urgente al doctor Gonzo, que está arriba, diciéndole que Thompson sale ahora mismo de Los Ángeles con un nuevo encargo... una nueva orden de trabajo.

Le indiqué que se apartara del coche.

—Ya nos veremos —añadí—. Tengo que ir a la carrera.

Retrocedió mientras yo ponía el coche en primera.

—No hay prisa —me dijo—. La carrera ya ha terminado.

—Para mí no —dije, con un amistoso y rápido gesto de despedida.

—¡Nos veremos a la hora de comer! —gritó, mientras yo doblaba la esquina.

—¡Está bien! —le grité. Luego me perdí en el tráfico. Tras unas cuantas manzanas en dirección contraria, por Main Street, di vuelta y enfilé hacia el sur, hacia Los Ángeles. Pero a velocidad controlada. Con calma y sin prisa, pensé. Sólo acercarme hasta las afueras de la ciudad.

Lo que necesitaba era un sitio donde salir sin problemas de la carretera, donde no me viesen, y pudiese valorar aquel telegrama increíble de mi abogado. Era cierto lo que decía; de eso estaba seguro. En el mensaje había una urgencia clara y válida. El tono era inconfundible...

Pero yo no estaba en condiciones, ni de humor, para pasar otra semana en Las Vegas. En aquel momento no. Había forzado mi suerte el máximo posible en aquella ciudad... había llegado hasta el borde. Y ahora las comadrejas me cercaban; podía *oler* aquellos animalejos horrorosos.

Sí, no cabía duda de que había llegado el momento de irse.

Mi margen se había reducido a cero.

Así que cruzando tranquilamente Las Vegas Boulevard a cincuenta por hora, busqué un sitio para descansar y formalizar la decisión. Estaba decidido, por supuesto, pero necesitaba una cerveza o tres para sellar el trato y atontar aquella terminal nerviosa rebelde que seguía vibrando en oposición...

Habría que resolverlo. Porque *había* una razón, más o menos, para quedarse. Aquello era traidor, estúpido y demencial en todos los sentidos... pero no había modo de eludir el hedor a ironía retorcida que planeaba en la idea de un periodista gonzo, atrapado en un episodio de drogadicción potencialmente irreversible, invitado a informar sobre la Conferencia Nacional de Fiscales de Distrito sobre Narcóticos y Drogas Peligrosas.

Tenía también cierto atractivo la idea de dejar un pufo salvaje en un hotel de Las Vegas y luego (en vez de convertirme en un fugitivo condenado que huye por la autopista camino de Los Ángeles) cruzar simplemente la ciudad, cambiar el descapotable Chevrolet rojo por un Cadillac blanco e inscribirme en otro hotel de Las Vegas, con credenciales de prensa, para mezclarme con un millar de polis de alta categoría de toda Norteamérica, y ver cómo se arengaban mutuamente sobre el Problema de la Droga.

Era una chifladura peligrosa, pero era también el tipo de cosa que un verdadero especialista en trabajos arriesgados podría defender. ¿Cuál sería, por ejemplo, el *último* lugar en que la policía de Las Vegas buscaría a un estafador y drogadicto fugitivo que acababa de largarse sin pagar de un hotel del centro de la ciudad?

Exactamente. En una Conferencia Nacional de Fiscales de Distrito sobre Narcóticos y Drogas Peligrosas en un elegante hotel del Strip... Llegando al Caesar's Palace para la cena espectáculo en que actúa Tom Jones en un deslumbrante Coupe de Ville blanco... En un cóctel para agentes de narcóticos y esposas en el Dunes...

¿Qué mejor sitio para esconderse, en realidad? Para *algunas* personas, pero no para mí, y menos aún para mi abogado... que es un tipo que destaca enseguida. Separados, podríamos conseguirlo. Pero juntos no... lo estropearíamos todo. Demasiada química agresiva en aquella mezcla. Sería demasiado grande la tentación de pasarse a sabiendas.

Y eso, claro está, sería el final. No tendrían piedad con nosotros. Infiltrarse entre los infiltrados sería aceptar el destino de todos los espías: «Como siempre, si usted u otro miembro cualquiera de su organización es capturado por el enemigo, este departamento negará cualquier relación..., etc.»

No, era demasiado. La distinción entre locura y masoquismo era ya nebulosa. Había llegado la hora de retroceder... de retirarse, de acuclillarse, de dar marcha atrás y «escurrir el bulto». ¿Por qué no? En todos los tinglados como éste, llega un momento en el que o eliminas las pérdidas o consolidas las ganancias... lo que corresponda.

Seguía, pues, conduciendo lentamente, buscando un sitio adecuado para sentarme con una cerveza mañanera y conseguir pensar... planear aquella retirada antinatural.

11. AAAUUU, MAMA, ¿PUEDE SER ESTO DE VERDAD EL FINAL...? ¿SIN BLANCA EN LAS VEGAS, CON PSICOSIS ANFETAMÍNICA OTRA VEZ?

Martes, nueve de la mañana... ahora, sentado en el Wild Bill's Cafe, lo vi todo muy claro. Sólo hay una ruta a Los Ángeles: la interestatal 15, un viaje directo sin carreteras secundarias ni rutas alternativas, pasar como un tiro por Baker y Barstow y Berdoo y luego, por la autopista de Hollywood, directamente al frenético olvido: seguridad, oscuridad, sólo otro freak más en Freaklandia.

Pero entretanto, durante las cinco o seis horas siguientes, sería la cosa más llamativa de aquella maldita y perversa carretera: el único Tiburón descapotable rojo fuegomanzana entre Butte y Tijuana... relampagueando como un bólido por la autopista del desierto con un chiflado palurdo semidesnudo al volante. ¿Es mejor llevar la camisa verde y púrpura Acapulco, o nada en absoluto?

No hay manera de ocultar este monstruo.

No será un viaje feliz. Ni siquiera el Dios Sol quiere mirar. Se ha metido detrás de una nube por primera vez en tres días. No hay nada de sol. El cielo es gris y feo.

Justo cuando entraba en la parte de atrás del bar, donde hay un aparcamiento semioculto, oí un ruido en lo alto y alcé la vista y vi cómo despegaba un DC-8 grande y plateado que dejaba una estela de humo... a unos setecientos metros por encima de la autopista. ¿Iba a bordo Lacerda? ¿El hombre de *Life?* ¿Tenían todas las fotos que necesitaban? ¿Todos los datos? ¿Habían cumplido plenamente sus misiones?

Yo ni siquiera sabía quién había ganado la carrera. Quizá nadie. Lo único que sabía era que todo el espectáculo había sido abortado por un terrible motín: una orgía de violencia insensata, organizada por golfos borrachos que se negaban a someterse a las normas.

Me proponía rellenar este vacío en mi conocimiento en la primera oportunidad: coger el *Los Angeles Times* y leerme la sección de deportes para hacer un reportaje sobre la Mint 400. Coger los detalles. Informar yo mismo. Incluso de la Escapada, asediado por un tremendo Miedo...

Sabía que en aquel avión iba Lacerda, que volvía a Nueva York. La noche anterior me había dicho que pensaba coger el primer vuelo.

Así que ahí va... y yo aquí, sin abogado, espatarrado en un taburete rojo de plástico en la taberna de Bill, sorbiendo nervioso una cerveza en un bar que acaba de despertarse a la invasión matutina de chulos y golfos de salón de juegos... con un inmenso Tiburón Rojo a la puerta tan cargado de infracciones que me da miedo hasta mirarlo.

Pero no puedo abandonar a ese cabrón. La única esperanza es cruzar con él los casi quinientos kilómetros que hay entre esto y Freaklandia. Pero, ¡Dios mío, qué *cansado* estoy! Y asustado. Y loco. Esta cultura me ha machacado. ¿Qué coño hago yo aquí? Éste no es ni siquiera el reportaje en que iba a trabajar. Mi agente me advirtió contra él. Todos los signos eran negativos... sobre todo aquel enano maligno del teléfono rosa del Polo Lounge. Debería haberme quedado allí... todo menos *esto.*

Aaauuu... Mama.

¿Puede ser esto de verdad el final?

¡No!

¿Quién cantaba aquello? ¿*Oía* realmente aquello en el tocadiscos precisamente en aquel momento? ¿A las 9.19 de esta horrible mañana gris en el Wild Bill's Cafe?

No. Era cosa de mi cerebro, algún eco perdido hacía mucho de un penoso amanecer en Toronto... hacía mucho, estando medio loco, en otro mundo... aunque no diferente.

¡SOCORRO!

¿Cuántas espantosas noches y horribles mañanas más podría prolongarse aquella mierda? ¿Cuánto tiempo pueden *tolerar* el organismo y el cerebro esta locura inevitable y terrible? Este crujir de dientes, este baño de sudor, esta palpitación en las sienes... se desmadran venitas azules delante de las orejas, sesenta y setenta horas sin dormir...

¡Y ahora eso en la máquina de discos! Sí, no hay duda... ¿y por qué no? Una canción muy popular: «Como un puente sobre aguas turbulentas... me tenderé...»

BUM. Paranoia relampagueante. ¿Qué clase de psicótico ratacabrón pondría *esa* canción precisamente ahora, en este momento? ¿Me ha seguido alguien hasta aquí? ¿Sabe la camarera quién soy? ¿Puede *verme* detrás de estas gafas de espejo?

Los encargados de bares y los camareros suelen ser unos traidores, pero en este caso concreto se trata de una gorda antipática de mediana edad que lleva un muu-muu[1] y un mono Iron Boy... probablemente la mujer de Bill.

Dios, olas malignas de paranoia, locura, miedo y asco... en este lugar hay unas vibraciones insoportables. Fuera. Escapa... y, de pronto, me doy cuenta, un chispazo definitivo de astucia lunática antes de que caiga la oscuridad, de que mi plazo legal para presentarme en el hotel no es hasta el mediodía... lo cual me da por lo menos dos horas para devorar autopista a toda marcha y salir legítimamente de este maldito estado antes de convertirme en un fugitivo a los ojos de la ley.

Suerte maravillosa. Cuando suene la alarma, quizás esté yo

---

1. Prenda femenina hawaiana. *(N. de los T.)*

ya entre Needles y el Valle de la Muerte con el acelerador a fondo y agitando el puño a Efrem Zimbalist, Jr., que baja hacia mí en su helicóptero Águila Aullante/FBI.

PUEDES CORRER PERO NO PUEDES OCULTARTE[1]

Te jodes, Efrem, que no es así.

Para ti y para la gente del Mint, aún estoy allá arriba en la 1850 (legal y espiritualmente aunque no en carne y hueso) con un letrero de «No molesten» colgado en la puerta para protegerme de los intrusos. Las camareras no se acercarán a esa habitación mientras cuelgue del tirador de la puerta el letrero. Mi abogado se encargó de eso... y encargó también seiscientas pastillas de jabón Neutrogena que aún tengo que entregar en Malibú. ¿Qué hará con eso el FBI? ¿Qué significa este gran Tiburón Rojo lleno de pastillas de jabón Neutrogena? Todo completamente legal. Las camareras nos *dieron* el jabón. Lo jurarán... ¿o no?

Por supuesto que no. Esas malditas camareras traidoras jurarán que dos locos armados hasta los dientes las amenazaron con una Vincent Black Shadow, obligándolas a entregar todo su jabón.

¡Dios bendito! ¿Hay un sacerdote en esta taberna? ¡Quiero confesarme! ¡Soy un maldito pecador! Venial, mortal, carnal, capitales, menores... como quieras llamarlo, Señor... soy culpable.

Pero hazme este último favor: concédeme sólo cinco horas más a máxima velocidad antes de dejar caer el martillo; déjame librarme de este maldito coche y salir de este horrible desierto.

En realidad no es pedir tanto, Señor, porque la increíble verdad última es que no soy culpable. Lo único que hice fue tomar-

---

1. (Advertencia a los traficantes de heroína de un tablero de anuncios de Boulder, Colorado.)

me en *serio* tus galimatías... y ¿ves dónde me llevó? Mis primitivos instintos cristianos me han hecho un delincuente.

Cuando cruzaba el casino a las seis de la mañana con una maleta llena de pomelos y camisetas de manga corta «Mint 400», recuerdo que me decía a mí mismo, una y otra vez: «No eres culpable.» Esto es sólo un recurso necesario para evitar una escena desagradable. Después de todo, yo no establecí ningún acuerdo vinculante; se trata de una *deuda institucional*... no es nada personal. Toda esta maldita pesadilla es culpa de esa apestosa *revista* irresponsable. Un imbécil de Nueva York fue el causante de esto. Fue idea *suya*, Señor. No mía.

Y ahora mírame: medio loco de miedo, a casi doscientos por hora por el Valle de la Muerte en un coche que nunca quise siquiera. ¡Maldito cabrón! ¡Esto es obra *tuya*! Sería mejor que te cuidases de mí, Señor... porque si no, me tendrás *en tus manos*.

12. VELOCIDAD INFERNAL... FORCEJEO CON LA PATRULLA DE AUTOPISTAS DE CALIFORNIA... MANO A MANO EN LA AUTOPISTA 61

Martes, doce y media... Baker, California... En la Cervecería Ballantine ahora, borracho, zombie y nervioso. Conozco esta sensación: tres o cuatro días de sople, drogas, sol, no dormir y liquidar todas las reservas de adrenalina... una especie de subida tambaleante y temblona que significa que se acerca el derrumbe. ¿Pero cuándo? ¿Cuánto más? Esta tensión es parte de la subida. La posibilidad del colapso físico y mental es muy real ya...

... pero el colapso no se plantea siquiera; como solución e incluso como alternativa mala, es *inaceptable*. Sí, no hay duda. Es la hora de la verdad, la fina y fatídica línea que separa control y desastre... que es también la diferencia entre seguir suelto y fantasmagórico por las calles, o pasar los próximos cinco años de mañanas de verano jugando al baloncesto en el patio del penal en Carson City.

Ninguna simpatía por el diablo; no lo olvides. Compra el billete, haz el viaje... y si de cuando en cuando algo resulta más pesado de lo que había imaginado, bien... puedes quizás atribuírselo a una *expansión de la conciencia* forzada: sintoniza, colócate, agótate. Todo está en la biblia de Kesey... El Punto Extremo de la Realidad.

Y basta de mala palabrería; ni siquiera Ken Kesey puede ayudarme ahora. Acabo de tener dos experiencias sentimentales muy negativas: una con la patrulla de autopistas de California y otra con un autostopista fantasma que puede que fuese, y puede que no, quien yo pensé que era... y ahora, que me siento al borde mismo de una crisis psicótica grave, estoy plantado aquí con mi magnetófono en una «cervecería» que es, en realidad, la parte trasera de una inmensa «Cuadra Ferretería»: toda clase de arados y arneses y sacos de fertilizantes apilados, y me pregunto cómo ha podido pasar todo.

Unos ocho kilómetros atrás, tuve un incidente con la patrulla de autopistas de California. No me pararon ni me persiguieron: nada normal. Siempre conduzco como es debido. Quizás algo rápido, pero siempre con consumada habilidad y una sensibilidad innata para la carretera que hasta los polis reconocen. No ha nacido aun el poli que no sea un mamón a la hora de hacer un Cambio Controlado a gran velocidad *rodeando* uno de esos cruces en trébol de las autopistas.

Pocas personas entienden la psicología del trato con un poli de tráfico de autopista. El tipo normal que va a gran velocidad se aterra y se hace a un lado inmediatamente cuando ve detrás la gran luz roja... y entonces empiezan las disculpas, el pedir piedad.

Eso es un error. Provoca desprecio en el corazón del poli. Lo que hay que hacer cuando vas a ciento sesenta o así y de pronto ves un patrullero parpadeando su luz roja detrás... bueno, lo que uno quiere hacer entonces es *acelerar*. No pares nunca al primer aullido de sirena. Aprieta a fondo y obliga al cabrón a cazarte a velocidades superiores a los ciento noventa. Te seguirá hasta la próxima salida. Pero no sabrá qué hacer cuando tu luz roja diga que vas a girar a la derecha.

Eso es para indicarle que estás buscando el lugar adecuado para parar y hablar... tú sigue dando la señal y espera que aparezca una rampa de desvío, una de esas en cuesta de curva muy cerrada, con un letrero que dice «Velocidad Máxima 25»... y la táctica, entonces, es dejar bruscamente la autopista y meterte por el tobogán por lo menos a ciento sesenta.

Él apretará los frenos más o menos a la vez que aprietes tú los tuyos, pero tardará un momento en darse cuenta de que está a punto de hacer un giro de ciento ochenta grados a esa velocidad... y tú sin embargo estarás *preparado* para él, fortalecido por la fuerza de la gravedad y la rápida maniobra talón-dedo gordo del pie y, con un poco de suerte, habrás parado en seco a un lado de la carretera al final de la curva y estarás de pie junto a tu automóvil cuando él te alcance.

Al principio, no se mostrará razonable... pero no importa. Déjale que se calme. Querrá decir la primera palabra. Déjale que lo haga. Su cerebro estará hecho un lío. Quizás empiece a balbucir, e incluso puede que saque el revólver. Déjale que se desahogue. Tú sonríe. La cosa es indicarle que tú tenías un control total sobre ti mismo y sobre tu vehículo... mientras que él perdió el control de todo.

Es útil tener una placa policía/prensa en la cartera cuando se calme lo suficiente para pedirte el carnet. Yo tenía una... pero también tenía una lata de cerveza en la mano. No me di cuenta de que la tenía hasta ese momento. Me sentía con un control completo de la situación... pero cuando bajé la vista y vi aquella pequeña bomba-prueba rojo/plata en mi mano, me di cuenta de que estaba jodido...

El exceso de velocidad es una cosa, pero Conducir Borracho es otra muy distinta. El poli pareció captar esto: que yo había estropeado toda mi representación al olvidarme de la lata de cerveza. Se relajó, llegó incluso a sonreír. Yo hice lo mismo. Porque los dos comprendimos, en aquel momento, que mi número de bombardero borracho había sido una pérdida total de tiempo: nos habíamos meado de miedo los dos por nada en absoluto, porque el hecho de que yo tuviese aquella lata de cerveza en la mano descartaba por completo cualquier discusión sobre un «exceso de velocidad».

Aceptó mi cartera abierta con la mano izquierda y luego extendió la derecha hacia la lata de cerveza.

–¿Puedo coger eso? –preguntó.

–¿Por qué no? –dije.

La cogió, luego la alzó entre los dos y vertió la cerveza en la carretera. Yo sonreí, despreocupado ya.

–Estaba calentándose ya, de todos modos –dije.

Justo detrás de mí, en el asiento trasero del Tiburón, pude ver unas diez latas de cerveza caliente y una docena de pomelos o así. Me había olvidado por completo de ellos, pero ahora eran demasiado evidentes para que ninguno de los dos lo ignorase. Mi culpa era tan evidente y abrumadora que sobraban explicaciones.

El poli lo entendió.

–Supongo que se da cuenta –dijo– de que esto es un delito...

–Sí –dije–. Lo sé. Soy culpable. Lo entiendo perfectamente. Sabía que era un delito, pero de todos modos lo hice.

Hice una pausa, me encogí de hombros y añadí:

–¿Por qué coño discutir? Soy un infractor de mierda.

–Ésa es una extraña actitud –dijo él.

Le miré fijamente, dándome cuenta por primera vez de que estaba tratando con un simpático joven de ojos brillantes, de unos treinta años, que parecía disfrutar con su trabajo.

–Sabe –dijo–, tengo la impresión de que le vendría muy bien echarse una siesta.

Luego cabeceó y dijo:

–Hay una zona de descanso un poco más allá. ¿Por qué no se acerca hasta allí y duerme unas horas?

Comprendí inmediatamente lo que me estaba diciendo pero, por alguna razón disparatada, negué con un gesto.

–Una siesta no serviría de nada –dije–. Llevo demasiado tiempo sin dormir. Tres o cuatro noches. Ya ni me acuerdo. Si me echase a dormir ahora, estaría veinte horas durmiendo.

Dios mío, pensé, ¿qué he dicho? Este cabrón está intentando ser humano. Podría llevarme directamente a la cárcel y, sin embargo, me está diciendo que eche una siesta. Por amor de Dios, dile que sí: Sí, agente, claro que utilizaré esa zona de descanso. Y no sabe lo que le agradezco esta oportunidad que quiere darme...

Pero no... yo estaba insistiendo en que si me soltaba seguiría como un tiro hasta Los Ángeles, lo cual era cierto, pero, ¿por qué decirlo? ¿Por qué presionarle? No era el momento oportuno para enseñar las cartas. Esto es el Valle de la Muerte... contrólate.

Por supuesto. Contrólate.

–Mire –dije–. He estado en Las Vegas cubriendo la Mint 400. Señalé la pegatina «Aparcamiento VIP» del parabrisas.

–Increíble –dije–. Todas aquellas motos y aquellos todoterrenos dos días corriendo por el desierto. ¿Lo ha visto usted?

Sonrió, moviendo la cabeza con una especie de melancólica comprensión. Me di cuenta de que estaba pensando.

¿Era yo peligroso? ¿Estaba él preparado para la escena malévola, desagradable y prolongada que seguiría si me detenía? ¿Cuántas horas extra tendría que pasarse pendiente del juzgado, esperando a declarar contra mí? ¿Y qué clase de monstruoso abogado sacaría yo en su contra?

Yo lo sabía, pero ¿cómo podía saberlo él?

–Está bien –dijo–. Vamos a hacer una cosa. Lo que voy a apuntar en mi cuaderno, como si fuese al mediodía, es que yo le paré... por conducir demasiado de prisa, dadas las circunstancias, y le aconsejé... con este aviso escrito –me lo entregó–, que no pasase de la próxima zona de descanso... ése es su destino, ¿de acuerdo? Y allí piensa usted dormir una larga siesta...

Volvió a colocarse el cuaderno en el cinturón.

–¿Me ha entendido usted bien? –preguntó, mientras daba la vuelta.

Me encogí de hombros.

–¿Qué distancia hay a Baker? Tenía pensado parar allí a comer.

–Eso queda ya fuera de mi jurisdicción –dijo–. Los límites de la ciudad quedan tres kilómetros y medio después de la zona de descanso. ¿Podrá llegar usted hasta allí? –sonrió melancólicamente.

—Lo intentaré —dije—. Llevo mucho tiempo queriendo ir a Baker. Me han hablado de ese sitio.

—Un pescado excelente —dijo—. Con un carácter como el suyo, probablemente quiera probar el cangrejo de tierra. Vaya al Majestic Diner.

Moví la cabeza y volví al coche, sintiéndome violado. El cerdo me había derrotado en todos los frentes, y ahora se largaba muy satisfecho, riéndose... para apostarse al oeste de la ciudad, esperando que yo intentase seguir viaje a Los Ángeles.

Volví a la autopista y crucé la zona de descanso hasta la intersección, donde tuve que girar a la derecha para meterme en Baker. Cuando me acercaba a la curva vi... Dios mío, es él, el autostopista, el mismo chaval que habíamos cogido y aterrorizado cuando íbamos camino de Las Vegas. Nuestras miradas se encontraron cuando aminoré la marcha para tomar la curva. Estuve a punto de decirle adiós, pero cuando le vi bajar el pulgar pensé, no, no es el momento... sabe Dios lo que habrá dicho el muchacho de nosotros cuando volvió por fin al pueblo.

Aceleración. Esfúmate inmediatamente. ¿Cómo podía estar seguro de que me había reconocido? De cualquier modo, el coche era inconfundible. ¿Y por qué otra razón, además, iba a apartarse él de la carretera?

De pronto, tenía dos enemigos *personales* en aquel poblacho olvidado de Dios. El poli de la patrulla de autopistas de California me detendría seguro si intentaba seguir hacia Los Ángeles, y aquel condenado y maldito chaval autostopista haría que me cazasen como a una fiera si me quedaba. (¡Dios mío, Sam! ¡Ahí está! ¡Ese tipo del que nos *habló* el chico! ¡Ha vuelto!)

De cualquier modo, era espantoso: y si aquellos honorables predadores pueblerinos llegaban a relacionar alguna vez sus historias... y sin duda lo harían; era inevitable en un pueblo tan pequeño... Eso haría efectivo mi cheque en todas partes. Tendría suerte si lograba salir vivo de aquel pueblo. Una bola de alquitrán y plumas metidas a rastras en el autobús de la cárcel por furiosos indígenas...

Allí estaba: la crisis. Pasé a toda prisa por la ciudad y encontré una cabina telefónica en el extremo norte, entre una gasolinera y... sí... el Majestic Diner. Hice una llamada urgente a mi abogado, a Malibú, a su cargo. Contestó de inmediato.

–¡Me han enganchado! –grité–. Estoy atrapado en una asquerosa encrucijada del desierto que se llama Baker. Apenas tengo tiempo. Esos cabrones están a punto de caer sobre mí.

–Pero ¿quiénes? –dijo–. Pareces algo paranoico.

–¡No seas cabrón! –grité–. Primero, me paró la patrulla de autopistas de California y luego me identificó el chaval! ¡Necesito inmediatamente un abogado!

–¿Y qué estás haciendo en Baker? –dijo–. ¿No recibiste mi telegrama?

–¿Qué? ¡A la mierda los telegramas! Estoy en un *lío.*

–Pero si tenías que estar en Las Vegas –dijo–. Tenemos una suite en el Flamingo. Iba a salir ahora mismo para el aeropuerto...

Me desplomé en la cabina. Era demasiado horrible. Allí estaba yo llamando a mi abogado en un momento de terrible crisis y el imbécil estaba enloquecido por las drogas. ¡Un vegetal maldito!

–¡Cabrón inútil! ¡Te pisaré los huevos por esto! ¡Toda la mierda que tengo en el coche es *tuya!* ¿Entiendes? ¡Cuando termine de declarar aquí, te expulsarán del colegio de abogados!

–¡Eres una mierda sin cerebro! –gritó él–. ¡Te mandé un telegrama! ¡Tenías que estar cubriendo la Conferencia Nacional de Fiscales de Distrito! ¡Hice todas las reservas... alquilé un Cadillac descapotable blanco! ¡Está todo *preparado!* ¿Qué coño haces tú ahí en medio de ese jodido desierto?

De pronto me acordé. Sí, el telegrama. Todo estaba arreglado. Mi mente se calmó. Lo vi todo en un fogonazo.

–No te preocupes, hombre –dije–. Todo era broma. En realidad estoy sentado junto a la piscina del Flamingo. Te hablo por un teléfono portátil. Lo trajo un enano del casino. ¡Tengo crédito total! ¿Entiendes?

Mi respiración era laboriosa y pesada, me sentía trastornado, había empapado de sudor el teléfono.

–¡Tú no te acerques siquiera a este hotel! –grité–. Aquí no son bien recibidos los extranjeros.

Colgué y volví al coche. Bueno, pensé. Así son las cosas. Toda la energía fluye según el capricho del Gran Imán. Qué idiota era desafiándole. Él sabía. Él lo sabía todo. Había sido él quien me había acorralado en Baker. Ya había huido lo suficiente, así que me enganchaba... cerrándome todas las vías de escape, acosándome primero con la patrulla de la autopista de California y luego con aquel puerco autostopista fantasma... hundiéndome en el miedo y la confusión.

No hay quien engañe al Gran Imán. Entonces lo comprendí... y con la comprensión llegó una sensación de alivio casi completo. Sí, volvería a Las Vegas. Esquivaría al chaval y despistaría a la patrulla de la autopista de California volviendo de nuevo hacia el *Este* en vez de seguir hacia el Oeste. Sería la maniobra más astuta de toda mi vida. Otra vez a Las Vegas y a inscribirme en aquella conferencia de drogas y narcóticos... yo y un millar de cerdos. ¿Por qué no? Moviéndome con toda confianza en medio de ellos. Me inscribiría en el Flamingo y dispondría inmediatamente de aquel Cadillac blanco. He de hacerlo ya. Recuerdo a Horatio Alger...

Miré al otro lado de la carretera y vi un letrero rojo inmenso que decía CERVEZA. Fastuoso. Dejé el Tiburón junto a la cabina telefónica y crucé la autopista y entré en la cuadra-cervecería. Un judío se asomó detrás de una pila de ruedas y engranajes y me preguntó qué quería.

–Ballantine Ale –dije... un largo trago muy místico, desconocido entre Newark y San Francisco.

La sirvió, helada.

Me relajé. De pronto, todo iba bien; por fin estaba aprovechando las oportunidades.

El tendero se me acercó con una sonrisa.

—¿Qué dirección lleva usted, joven?

—Las Vegas —dije.

Sonrió.

—Una gran ciudad, Las Vegas. Tendrá usted buena suerte allí; es usted el tipo.

—Ya lo sé —dije—. Soy Triple Escorpio.

Pareció gustarle.

—Es una combinación magnífica —dijo—. No puede usted perder.

Me eché a reír.

—No hay problema —dije—. En realidad soy el fiscal del distrito de Condado Ignoto. Sólo otro buen americano como usted.

Su sonrisa desapareció. ¿Entendería? No podía estar seguro. Pero daba igual ya. Volví a Las Vegas. No tenía otra elección.

Segunda parte

1

A unos treinta y cinco kilómetros al este de Baker, paré a echar un vistazo a la bolsa de las drogas. El sol quemaba y me entraron ganas de matar algo. Cualquier cosa. Un lagarto grande incluso. Acribillarle. Agarré el Magnum 357 de mi abogado que estaba en el maletero e hice girar el tambor. Estaba lleno: largos y malvados proyectiles: 158 grains con una linda trayectoria lisa, la punta color oro azteca. Toqué la bocina unas cuantas veces, para que apareciera una iguana. Para poner en movimiento a aquellas cabronas. Estaban allí, lo sabía, en aquel maldito mar de cactus... agazapadas, sin respirar apenas, y cada una de aquellas apestosas cabronas cargada de mortífero veneno.

Tres rápidas explosiones me hicieron perder el equilibrio. Tres cañonazos ensordecedores del 357 que tenía en la mano derecha. ¡Dios mío! Disparando al aire, sin ningún motivo. Una locura. Tiré el arma en el asiento delantero del Tiburón y miré nervioso la autopista. No venían coches en ninguna dirección; la carretera estaba vacía en cuatro o cinco kilómetros a la redonda.

Menos mal. Suerte. La habría cagado si me enganchan en el desierto en aquellas circunstancias: disparando como un loco contra los cactos desde un coche lleno de drogas. Y sobre todo después del incidente con el patrullero de la autopista.

Se plantearían embarazosos interrogantes:

—En fin, señor... ¿cómo? Duke, señor Duke. Sabrá usted, supongo, que es ilegal disparar un arma de fuego de cualquier tipo en medio de una autopista federal...

—¿Cómo? ¿Incluso en defensa propia? Agente, este maldito trasto tiene un gatillo muy sensible. La verdad es que yo sólo quería disparar una vez... sólo quería asustar a esas cabronas.

Una mirada dura, y luego, muy lentamente:

—¿Quiere decir usted, señor Duke... que le *atacaron?*

—Bueno... no... no es exactamente que me atacaran, agente, pero me *amenazaron* gravemente. Paré a mear, y en cuanto salí del coche me rodearon esos sucios saquitos de veneno. ¡Se movían como *relámpagos engrasados!*

¿Serviría esta historia?

No, me detendrían. Luego, por pura rutina, registrarían el coche...y cuando lo hiciesen, se desatarían toda clase de salvajes infiernos. Jamás creerían que necesitaba aquellas drogas para mi trabajo, que era en realidad un periodista profesional que iba camino de Las Vegas a cubrir la Conferencia Nacional de Fiscales de Distrito sobre Narcóticos y Drogas Peligrosas.

—Son sólo muestras, agente. Todo ese material se lo cogí a un viajero de la Iglesia Neoamericana en Barstow. Empezó a comportarse de un modo raro, así que le aticé.

¿Serviría eso?

No. Me encerrarían en una pocilga de cárcel y me pegarían en los riñones con grandes palos... y mearía sangre luego en los años futuros.

Nadie me molestó, por suerte, mientras hacía un rápido inventario de la bolsa. Aquello era un revoltijo inservible, todo mezclado y medio deshecho. Algunas pastillas de mescalina se habían desintegrado en un polvo de un marrón rojizo, pero conté unas treinta y cinco o cuarenta aún intactas. Mi abogado se había comido todas las rojas, pero quedaba aún un poco de speed... Ya no quedaba hierba, el frasco de coca estaba vacío, había un secante de ácido, un taco marrón bastante aceptable de hachís de opio y seis amyls sueltas... Aunque no era suficiente para nada serio, si racionábamos con cuidado la mescalina, podría darnos para los cuatro días de la conferencia sobre la droga.

Paré en los arrabales de Las Vegas, en una farmacia de barrio, y compre dos botellas de Tequila Gold, litro y medio de Chivas Regal y medio de éter. Estuve a punto de pedir amyls. Empezaba a molestarme la angina de pecho. Pero el farmacéutico tenía ojos de malvado anabaptista histérico. Le expliqué que necesitaba el éter para quitarme un esparadrapo de las piernas, pero cuando se lo dije ya me lo había empaquetado. Le importaba un huevo lo del éter.

Me pregunté qué diría si le pedía veintidós dólares de Romilar y una lata de óxido nítrico. Probablemente me lo hubiese vendido, ¿por qué no? Libre empresa... Dale al público lo que necesite... sobre todo a este tipo que suda a mares y está tan nervioso y tiene todas las piernas llenas de esparadrapo y ese catarro horrible, además de la angina de pecho y esos espantosos fogonazos aneurísticos cada vez que sale el sol. *De veras, agente, el tipo estaba muy mal. ¿Cómo demonios iba a saber yo que se metería en su coche y empezaría a abusar de esas drogas?*

Claro, claro, cómo iba a saberlo. Paré un momento en el quiosco de revistas. Luego conseguí controlarme y enfilé corriendo hacia el coche. La idea de volverme completamente loco con gas hilarante en mitad de la conferencia de fiscales de distrito sobre la droga me atraía de un modo claramente tortuoso. Pero no el primer día, claro, pensé. Eso más tarde. No tiene sentido que te detengan antes de que empiece la conferencia.

Robé un Review-Journal de una estantería en el aparcamiento, pero lo tiré en cuanto leí una noticia de la primera página:

DIAGNÓSTICO INCIERTO DEL JOVEN
QUE SE ARRANCÓ LOS OJOS

BALTIMORE (UPI) - Los médicos declararon el viernes que no estaban seguros de si la operación quirúrgica lograría devolver la vista a un joven que se sacó los ojos bajo los efectos de una sobredosis de droga en una celda de la cárcel.

Charles Innes, Jr., de veinticinco años, fue operado a última hora del jueves en el Hospital General de Maryland, pero los médicos dijeron que tendrían que pasar semanas para conocer el resultado.

La declaración facilitada por el hospital indicaba que Innes «no percibía la luz por ningún ojo antes de la intervención y existen muy pocas posibilidades de que recupere la visión».

Innes, hijo de un destacado republicano de Massachusetts, fue hallado en una celda de la cárcel el jueves por un carcelero que dijo que el preso se había sacado los ojos.

Innes fue detenido el miércoles por la noche cuando paseaba desnudo por un barrio próximo al suyo. Le examinaron en el hospital Mercy y luego ingresó en prisión. La policía y uno de los amigos de Innes declararon que había ingerido una sobredosis de tranquilizantes para animales. La policía informó que la droga era PCP, un producto de la empresa Parke-Davis que no se vende para uso humano desde 1963. Sin embargo, un portavoz de Parke-Davis dijo que creía que la droga podía adquirirse en el mercado negro.

El portavoz dijo oficialmente que los efectos del PCP no duran más de doce o catorce horas. Sin embargo, no se sabe cuáles pueden ser los efectos del PCP combinado con un alucinógeno como el LSD.

Innes le dijo a un vecino el sábado pasado, un día antes de que tomara la droga por primera vez, que los ojos estaban fastidiándole y que no podía leer.

La policía dijo el miércoles por la noche que Innes parecía hallarse en un estado de depresión profunda y tan insensible al dolor que ni siquiera gritó al sacarse los ojos.

2. OTRO DÍA, OTRO DESCAPOTABLE... Y OTRO HOTEL LLENO DE POLIS

Lo primero que había que hacer era librarse del Tiburón Rojo. Destacaba demasiado. Podía reconocerlo demasiada gente, sobre todo la policía de Las Vegas. Aunque, según sus noticias, aquel trasto estaba ya otra vez en Los Ángeles. Se le había visto por última vez cruzando a toda marcha el Valle de la Muerte por la interestatal 15. Lo había parado en Baker un patrullero de la autopista de California... luego había desaparecido...

El último sitio donde lo buscarían, creía yo, era en un garaje de coches alquilados junto al aeropuerto. De todos modos, tenía que ir allí a esperar a mi abogado. Llegaría de Los Ángeles a última hora de la tarde.

Fui tranquilo y despacio, conteniendo mis habituales instintos de pisar de pronto a fondo y cambiar súbitamente de carril, procurando pasar inadvertido, y cuando llegué, aparqué el Tiburón entre dos viejos autobuses de la Fuerza Aérea en un aparcamiento público a unos ochocientos metros del aeropuerto. Autobuses muy altos. Hacérselo lo más difícil posible a los cabrones. Un paseíto no hace daño a nadie.

Cuando llegué al aeropuerto, sudaba a mares.

Pero eso no es nada anormal. Suelo sudar mucho en climas cálidos. Tengo la ropa empapada desde el amanecer al oscurecer. Esto al principio me preocupaba, pero cuando fui a ver a un médico y le expliqué mi dosis diaria normal de alcohol, drogas y veneno, me dijo que volviese a verle cuando *dejara* de sudar. Entonces habría peligro, dijo... sería señal de que el mecanismo de desagüe de mi organismo, brutalmente forzado, se había desmoronado por completo.

–Yo tengo gran fe en los procesos naturales –dijo–, pero en su caso... bueno... no encuentro precedentes. Tendremos que limitarnos a esperar y ver. Y luego trabajar con lo que quede.

Pasé unas dos horas en el bar, bebiendo Bloody Marys por el contenido nutritivo de V-8 y atento a los vuelos que llegaban de Los Ángeles. No había comido más que pomelos en unas veinte horas y tenía la cabeza disparada.

Será mejor que te controles, pensé. La resistencia del organismo humano tiene unos límites. No querrás desmoronarte y empezar a sangrar por las orejas aquí en pleno aeropuerto. Además, en esta ciudad. En Las Vegas a los débiles y a los trastornados los *matan.*

Tuve esto en cuenta y me mantuve tranquilo y ecuánime cuando sentí síntomas de un desplome sangre-sudor definitivo. Y pasó la cosa. Vi que la camarera de los cócteles se ponía nerviosa, así que me obligué a levantarme y a salir muy tieso del bar. Ni rastro de mi abogado.

En fin, bajé a la cabina de alquiler de coches VIP, donde cambié el Tiburón Rojo por un Cadillac blanco descapotable.

–Este maldito Chevrolet no ha hecho más que darme problemas –les dije–. Tenía la sensación de que me miraban por encima del hombro... sobre todo en las gasolineras, cuando tenía que salir y abrir el capó *manualmente.*

–Bueno... *claro* –dijo el tipo de detrás de la mesa–. Lo que usted necesita, creo yo, es uno de nuestros cruceros especiales Mercedes, con aire acondicionado. Puede llevar incluso su propio combustible, si quiere; podemos facilitarle...

–¿Es que parezco acaso un maldito nazi? –dije–. ¡Quiero un coche norteamericano natural, o nada de nada!

110

Pidieron inmediatamente el Coupe de Ville blanco. Todo era automático. Podía sentarme en el asiento tapizado de cuero rojo del conductor y hacer *saltar* cada centímetro de coche, pulsando los botones adecuados. Era una máquina maravillosa: diez de los grandes en Artilugios y Efectos Especiales de alto nivel. Las ventanillas traseras saltaban con un leve toque como ranas en una charca de dinamita. La capota de lona blanca subía y bajaba como una montaña rusa. El cuadro de mandos estaba lleno de luces y marcadores y medidores esotéricos que yo jamás entendería... pero no me cabía duda alguna de que aquélla era una *máquina superior.*

El Cadillac no se disparaba tan aprisa como el Tiburón Rojo, pero en cuanto cogía velocidad (hacia los ciento veinte) era la suavidad misma... toda aquella masa tapizada, tan elegante, deslizándose a través del desierto; era como rodar a medianoche sobre el viejo *California Zephyr.*

Realicé toda la transacción con una tarjeta de crédito que posteriormente supe que estaba «cancelada»... que era absolutamente fraudulenta. Pero la Gran Computadora aún no me había fiscalizado, por lo que seguía siendo todavía un riesgo crediticio sabroso y prometedor.

Más tarde, considerando esta transacción, *supe* la conversación que casi seguro había seguido:

–¡Hola! Aquí coches de alquiler VIP de Las Vegas. Llamamos para comprobar la tarjeta Número 875-045-616-B. Es sólo una comprobación rutinaria de crédito. Nada urgente...

(Larga pausa al otro extremo. Luego:)

–¡Mierda!

–¿Qué?

–Perdone... sí, tenemos ese número. Está incluido en línea roja de emergencia. ¡Llame inmediatamente a la policía y no le pierda de vista!

(Otra larga pausa.)

–Bueno... En fin... ese número, sabe, no está en *nuestra* Lista

Roja actual, y... bueno... el Número 875-045-616-B acaba de salir de nuestro aparcamiento en un descapotable Cadillac nuevo.

–¡No!

–Sí. Se ha ido hace un rato. Con seguro a todo riesgo.

–¿Adónde?

–Creo que dijo a San Luis. Sí, eso dice la tarjeta. Raoul Duke, jugador de béisbol, de los St. Louis Browns. Cinco días a veinticinco dólares diarios, más treinta centavos el kilómetro. Su tarjeta era válida, así que, claro, no teníamos elección posible...

Eso era verdad. La agencia de alquiler de coches no tenía ninguna razón legal para molestarme, pues técnicamente mi tarjeta era válida. Durante los cuatro días siguientes anduve en aquel coche por Las Vegas (pasé incluso por delante de la oficina principal de la agencia VIP, que quedaba en Paradise Boulevard, varias veces) y en ningún momento me molestaron con ningún despliegue de grosería.

Ésta es una de las características básicas de la hospitalidad de Las Vegas. La única regla firme es No Estafes a los habitantes de la ciudad. De lo demás nadie se preocupa. Prefieren no saber. Si Charlie Manson se registrase mañana por la mañana en el Sahara, nadie le molestaría, siempre que diese buena propina.

Después de alquilar el coche, me fui directamente al hotel. Aún no había ni rastro de mi abogado, así que decidí inscribirme solo... si conseguía salir de la calle y evitar un derrumbe en público. Dejé la Ballena en un aparcamiento VIP y me arrastré tímidamente por el vestíbulo con mi bolsita de cuero; una bolsa hecha a mano por encargo que me había fabricado hacía poco un amigo de Bounder que se dedicaba a trabajar el cuero.

Nuestra habitación estaba en el Flamingo, en el centro neurálgico del Strip, justo enfrente del Caesar's Palace y del Dunes... sede de la conferencia sobre la droga. La mayoría de los asistentes se alojaban en el Dunes, pero a los que aparecimos elegantemente tarde nos mandaron al Flamingo.

Aquello estaba lleno de polis. Me di cuenta nada más echar un vistazo. Casi todos andaban por allí procurando mostrarse despreocupados y normales, todos vestidos exactamente igual, con su atuendo deportivo Las Vegas de saldo: bermudas, camisas de golf Arnie Palmer y blancas piernas sin vello con «sandalias playeras» de goma. Era algo horrible, daba miedo meterse allí... parecía una especie de supercerco policial. Si no hubiese sabido lo de la conferencia, habría perdido sin duda el control de mí mismo. Daba la impresión de que en cualquier momento alguien iba a caer acribillado en un tiroteo generalizado... quizá toda la Familia Manson.

Llegué bastante tarde. La mayoría de los fiscales de distrito nacionales y otros tipos de polis se habían inscrito ya. Eran los que andaban ahora por allí por el vestíbulo, mirando hoscamente a los recién llegados. Lo que parecía la Gran Redada no eran más que unos doscientos polis de vacaciones sin nada mejor que hacer. Ni siquiera reparaban unos en otros.

Me arrastré hasta recepción y me puse a la cola. El hombre que tenía delante era un jefe de policía de un pueblecito de Michigan. Su mujer, tipo Agnew, estaba de pie a unos noventa centímetros a su derecha, mientras él discutía con el recepcionista:

–Mire amigo, ya *le dije* que en esta tarjeta postal dice que tengo *reservas* en este hotel. ¡Vengo a la Conferencia de Fiscales de Distrito, demonios! ¡Ya he *pagado* mi habitación!

–Lo lamento, caballero. Usted está en la «lista última». Sus reservas se trasladaron al... veamos... Moonlight Motel, que está en Paradise Boulevard y que es un lugar excelente para alojarse y que sólo queda a unas dieciséis manzanas de aquí, con piscina propia y...

–¡Maricones de mierda! ¡Que venga el director! ¡Estoy cansado de oír tonterías!

Apareció el director y ofreció llamar un taxi. Aquél era sin duda el segundo acto, o quizás incluso el tercero, de un drama cruel que había empezado mucho antes de aparecer yo. La mujer del policía lloraba. Los amigos a los que había reunido para que le apoyaran estaban demasiado desconcertados para respaldarle... incluso en aquel momento, allí en aquel choque final, cuando el pequeño y furioso policía disparaba su mejor y su último tiro, sabían que estaba derrotado; iba contra las NORMAS, y la gente contratada para hacer efectivas tales normas decía: «No hay plazas libres.»

Después de diez minutos allí de pie haciendo cola detrás de aquel pobre mierda escandaloso y de sus amigos, sentí que la bilis empezaba a subir. ¿De dónde sacaba aquel *poli*, él precisamente, valor para discutir con alguien en términos de Derecho y Razón? A mí me había sucedido *aquello* mismo con aquellos peludos comemierdas... y tenía la sensación de que también le había pasado lo mismo al recepcionista. Tenía el aire del hombre al que han estado jodiendo, en su momento, una buena cantidad de polis malhumorados y locos por las reglas...

Así que ahora el tipo se limitaba a devolverles sus argumentos:

–Da igual que tenga razón o no, amigo... o que haya pagado o no la factura... lo que importa en este momento es que por primera vez en mi vida puedo machacar a un cerdo: «Se va a joder, *oficial*. Quien manda aquí soy yo. Y le digo que para usted no hay habitación».

Me divertía la escena, pero al cabo de un rato empecé a sentirme mareado, muy nervioso, y la impaciencia me privaba de lo mejor de la diversión. Así que sorteé al Cerdo y hablé directamente con el recepcionista.

–Oiga –dije–. Lamento interrumpir, pero tengo una reserva y si no le importa me gustaría formalizar la cosa y dejarles con lo suyo.

Sonreí, para que se diese cuenta de que entendía perfectamente el número que estaba montándose con el grupo de polis que me miraban fijamente, desconcertados psicológicamente, como si fuese una especie de rata de agua que subiese arrastrándose hasta la mesa.

114

Yo tenía muy mal aspecto: vaqueros viejos y botas de baloncesto blancas... y hacía mucho que mi camisa Acapulco de diez pesos se había descosido por los hombros debido al viento de la carretera. Llevaba barba de tres días, casi la típica del borracho callejero, y tenía los ojos totalmente ocultos tras las gafas de sol espejadas...

Pero el tono de mi voz era el del hombre que *sabe* que tiene una reserva. Actuaba basándome en la previsión de mi abogado... pero no podía perder la oportunidad de clavarle el cuerno a un poli.

... y estaba en lo cierto. La reserva estaba hecha a nombre de mi abogado. El recepcionista tocó el timbre para llamar al mozo de equipajes:

—De momento esto es todo lo que llevo conmigo —dije—. El resto está ahí fuera, en ese Cadillac descapotable blanco.

Señalé el coche que todos pudieron ver allí, ante la puerta principal.

—¿Podrán aparcarlo ustedes, por favor?

El recepcionista se mostró muy cordial.

—No se preocupe usted por nada, señor. Preocúpese sólo de disfrutar durante su estancia aquí. Y si necesita algo, no tiene más que llamar a recepción.

Asentí con un gesto y sonreí, observando de reojo la atónita reacción del grupo de polis de al lado. Estaban estupefactos de asombro. Allí estaban ellos utilizando todas las presiones posibles para conseguir una habitación que habían *pagado* ya... y de pronto todo su montaje quedaba barrido por un marrano que parece recién salido de una selva de vagabundos del norte de Michigan. ¡Y se inscribe con un puñado de *Tarjetas de Crédito!* ¡Jesús! ¿Pero dónde va el mundo?

3. LUCY LA SALVAJE... «DIENTES COMO PELOTAS DE BÉISBOL, OJOS COMO FUEGO CUAJADO»

Le di mi bolsa al mozo que se escabulló rápidamente, y le dije que me trajese una botella de Wild Turkey y litro y medio de Bacardí añejo, con hielo para una noche.

Nuestra habitación estaba en una de las alas extremas del Flamingo. Ese sitio es mucho más que un hotel, es una especie de inmenso Club Playboy subfinanciado en mitad del desierto. Lo forman unas nueve alas separadas, con caminos empedrados que las comunican, y piscinas: un vasto recinto, cortado por un laberinto de rampas y caminos particulares para vehículos. Tardé unos veinte minutos en llegar al ala que nos habían asignado.

Tenía la intención de entrar en la habitación, aceptar la entrega del alcohol y el equipaje, fumar luego mi último pedazo de Singapur Grey mientras veía a Walter Cronkite y esperar que llegara mi abogado. Necesitaba aquel descanso, aquel momento de paz y de cobijo antes de pasar a la conferencia de la droga. Sería algo muy distinto a la Mint 400. Aquello había sido cuestión de *observar*, pero esto exigiría *participación*... y en situación muy especial: en la Mint 400 tratábamos con gente esencialmente *simpática*, y si nuestra conducta era grosera y ofensiva... en fin, era sólo cuestión de grado.

Pero en esta ocasión nuestra simple *presencia* sería ofensiva. Asistiríamos a la conferencia con falsos pretextos y trataríamos,

116

desde el principio, con gente que se reunía con el expreso propósito de encarcelar a tipos como nosotros. Nosotros *éramos* la Amenaza: sin ningún disfraz, éramos drogadictos escandalosamente pasados, montando un número de locos flagrantes que intentábamos llevar siempre hasta el límite... No para demostrar ningún principio sociológico trascendente, ni siquiera como burla consciente: básicamente era cuestión de estilo de vida, un sentido de lo que era obligado e incluso del deber. Si los Cerdos se reunían en Las Vegas para una conferencia de alto nivel sobre la droga, considerábamos que la cultura de la droga debía estar representada allí.

Aparte de eso, yo llevaba ya tanto tiempo pasado que aquello me parecía perfectamente lógico. Consideraba las cosas y me sentía totalmente engranado en mi Karma.

O al menos eso creí hasta que llegué a la gran puerta gris que se abrió a la minisuite 1150 del Ala Alejada. Metí la llave en la cerradura, la giré y abrí la puerta pensando «¡uf!, ¡en casa al fin!...» y la puerta *golpeó* algo, que identifiqué inmediatamente como una forma humana: una chica de edad indefinida que tenía la cara y la forma de un pit bull. Vestía una bata azul suelta y le brillaban mucho los ojos...

No sé bien por qué, pero estaba seguro de que aquella era mi habitación. No quería creerlo, pero las vibraciones eran irremediablemente ciertas... Y ella parecía saberlo también, porque no hizo ademán de pararme cuando pasé ante ella y entré. Tiré en una de las camas la bolsa de cuero y eché un vistazo buscando lo que sabía que iba a ver... a mi abogado... en pelotas, de pie a la puerta del baño, con una sonrisa drogotonta en la cara.

–Cerdo degenerado –masculle.

–No hubo forma de evitarlo –dijo, indicando con un gesto a la chica bulldog–. Ésta es Lucy.

Luego soltó una risilla distraída.

—Sabes —dijo—, es como Lucy en el cielo con diamantes...

Saludé con un gesto a Lucy, que me miraba venenosamente. Yo era sin duda algún tipo de enemigo, un intruso desagradable en su mundo... y era evidente por la forma en que se movía por la habitación, muy de prisa y tensa, que me estaba juzgando. Parecía dispuesta a la violencia, de eso no había duda. Hasta mi abogado lo advirtió.

—¡Lucy! —masculló él—. ¡Lucy! ¡Cálmate, demonios! Recuerda lo que pasó en el aeropuerto... Ya bastó con ese asunto. ¿Entendido?

Luego le sonrió nervioso. La muchacha tenía el aspecto de una bestia a la que hubiesen acabado de arrojar en un pozo de serrín para que luchase por su vida...

—Lucy... éste es mi *cliente*. El señor Duke, el famoso periodista. Él *paga* esta suite. Está de *nuestra* parte.

Ella no decía nada. Me di cuenta de que no se controlaba del todo. Tenía unos hombros inmensos y una barbilla como Oscar Bonavena. Me senté en la cama y busqué tranquilamente en mi bolsa la lata de Mace... y cuando puse el pulgar en el pulsador, tuve la tentación de sacar aquel chisme y empaparla de arriba a abajo, por cuestión de principios. Yo necesitaba desesperadamente *paz*, descanso, refugio. Lo último que podía desear era una lucha a muerte, en mi habitación, con una especie de hormonado monstruo drogoenloquecido.

Mi abogado parecía entenderlo; sabía por qué tenía la mano metida en la bolsa.

—¡No! —gritó—. ¡Aquí no! ¡Mejor fuera!

Me encogí de hombros. Él estaba pasado. Me di cuenta. Y Lucy también. Tenía los ojos febriles y desorbitados. Me miraba muy fijo como si yo fuese algo a lo que hubiese que dejar sometido del todo para que la vida pudiera volver a ser lo que ella consideraba normal.

Mi abogado se acercó, le echó un brazo por los hombros.

—El señor Duke es *amigo* mío —dijo amablemente—. Le encantan los artistas. Enséñale tus cuadros.

Advertí entonces que la habitación estaba llena de obras de arte: entre cuarenta y cincuenta retratos, algunos al óleo, otros a carboncillo, todos más o menos del mismo tamaño y siempre la misma cara. Estaban repartidos por todo el cuarto. La cara me era vagamente familiar, pero no conseguía identificarla. Era una mujer de boca grande, gran nariz y ojos sumamente brillantes: un rostro diabólicamente sensual; el tipo de versiones exageradas y embarazosamente teatrales que ves en los dormitorios de las jóvenes estudiantes de arte que se quedan enganchadas con los caballos.

–Lucy pinta retratos de Barbra Streisand –explicó mi abogado–. Es una artista de Montana...

Se volvió a la chica.

–¿Dónde dijiste que vivías?

Ella le miró fijo. Luego me miró a mí. Volvió a mirar a mi abogado. Luego dijo por fin:

–Kalispel. Queda al norte. Éstos los saqué de la tele.

Mi abogado cabeceó muy animado.

–Fantástico –dijo–. Vino hasta aquí sólo para entregarle todos estos retratos a Barbra. Vamos a ir esta noche al Americana Hotel y la veremos en el camerino.

Lucy sonrió tímidamente. Ya no había hostilidad en ella. Dejé la lata de Mace y me levanté. Era evidente que teníamos entre manos un caso grave. No había contado con aquello: que encontraría a mi abogado machacado por el ácido y metido en una especie de galanteo preternatural.

–Bueno –dije–, supongo que ya habrán aparcado el coche. Vamos a sacar el material del maletero.

Él asintió animosamente.

–Desde luego, vamos por el material –sonrió a Lucy y añadió–: Volvemos enseguida. Si suena el teléfono no contestes.

Ella sonrió e hizo el signo de los Niños de Jesús.

–Alabado sea Dios –dijo.

Mi abogado se puso unos pantalones acampanados y una camisa color negro brillante y salimos a toda prisa de la habitación.

Me di cuenta de que le resultaba difícil orientarse, pero me negué a seguirle la corriente.

—Bueno... —dije—. ¿Qué planes tienes?

—¿Planes?

Estábamos esperando el ascensor.

—Me refiero a Lucy —dije.

Movió la cabeza, luchando por concentrarse en el asunto.

—Mierda —dijo al fin—. La conocí en el avión y yo tenía todo aquel ácido —se encogió de hombros—. Ya sabes, esos cilindros azules pequeñitos. Dios mío, es una fanática *religiosa*. Se ha escapado de casa algo así como por quinta vez en seis meses. Es terrible. Le di el ácido casi sin pensarlo... ¡Mierda! ¡Ni siquiera ha echado un *trago* en su vida!

—Bueno —dije—, probablemente se le pase. Podemos mantenerla cargada y traficar con su culo en la convención sobre drogas.

Me miró fijamente.

—Es perfecta para ese asunto —dije—. Esos polis pagarán cincuenta pavos por cabeza por darle golpes y luego tirársela todos. Podemos instalarla en uno de esos moteles un poco apartados, colgar cuadros de Jesús por toda la habitación y luego soltar a esos cerdos con ella... Oye, te advierto que tiene fuerza. Sabe defenderse.

Tenía tics constantes en la cara. Ya estábamos en el ascensor, bajando hacia el vestíbulo.

—Dios mío —murmuró—, sabía que eras un tipo repugnante, que estabas enfermo, pero nunca creí que te oiría *decir* realmente una cosa así.

Parecía asombrado.

Me eché a reír.

—Es pura economía. ¡Esa chica es un *don de Dios!*

Le paralicé de inmediato con una sonrisa Bogart natural, toda dientes...

—¡Estamos casi en la ruina, coño! —añadí—. Y de pronto tú vas y te agencias a una chiflada con músculo con la que podemos sacar uno de los grandes al día.

–¡No! –gritó él–. ¡Deja de *hablar* así!

Se abrió la puerta del ascensor y nos encaminamos hacia el aparcamiento.

–Calculo que podría hacer unos cuatro a la vez –dije–. Demonios, si la mantuviésemos bien cargada de ácido, eso serían unos *dos* grandes al día. Puede que tres.

–¡Cabrón de mierda! –escupió–. ¡Debería arrancarte la maldita cabeza!

Me miraba bizqueante, protegiéndose los ojos del sol. Localicé la Ballena a unos veinte metros de la puerta.

–Ahí está –dije–. No es mal coche para un macarra.

Lanzó un gruñido. Se le veía en la cara la lucha que estaba librando en su cerebro, con fogonazos esporádicos de ácido: malas vibraciones de dolorosa intensidad, seguidas de absoluta confusión. Cuando abrí el maletero de la Ballena para sacar las bolsas, se puso furioso.

–¿Qué demonios *haces*? –masculló–. Éste no es el coche de Lucy.

–Ya lo sé –dije–. Éste es *mi* equipaje.

–¡Qué coño va a ser! –gritó–. No puedes andar por ahí robando cosas delante de mí, sólo porque yo sea abogado! –retrocedió–. ¿Pero qué demonios te pasa? ¿Qué defensa tendría un caso como ése?

Tras muchas dificultades, volvimos a la habitación e intentamos tener una charla en serio con Lucy. Me sentía como un nazi, pero había que hacerlo. Ella no era *adecuada* para nosotros... al menos en aquella delicada situación. Ya era suficiente problema el que fuese lo que parecía ser (una jovencita extraña en las angustias de una crisis psicótica grave) sino que lo que más me preocupaba a mí, más aún, era la posibilidad de que estuviese lo bastante sana y cuerda al cabo de unas horas, para lanzarse a un inmenso arrebato de cólera jesusiano ante el nebuloso recuerdo

121

de que la había recogido y seducido en el aeropuerto internacional de Los Ángeles una especie de cruel samoano que la atiborró de alcohol y LSD y la arrastró luego hasta la habitación de un hotel de Las Vegas donde penetró salvajemente todos los orificios de su cuerpo con su palpitante miembro incircunciso.

Tuve una terrible visión de Lucy irrumpiendo en el camerino de Barbra Streisand del Americana y contándole la brutal historia. Para nosotros sería el final. Nos acosarían hasta engancharnos y lo más probable es que nos castrasen a los dos, antes de empapelarnos...

Le expliqué esto a mi abogado, que estaba hecho un mar de lágrimas ante la idea de tener que despedir a Lucy. Lucy aún estaba muy pasada, y pensé que la única solución era alejarla lo más posible del Flamingo antes de que se serenara lo suficiente para recordar dónde había estado y qué le había pasado.

Mientras discutíamos, Lucy estaba tumbada en la terraza, haciendo un boceto a carboncillo de Barbra Streisand. Esta vez de memoria. Era una versión de toda la cara, con los dientes como pelotas de béisbol y los ojos como fuego cuajado.

La profunda intensidad de aquello me ponía nervioso. Aquella chica era una bomba ambulante. Sólo Dios sabía lo que podría ponerse a hacer con toda aquella energía mal conectada en ese momento si no tuviese su cuaderno de dibujo. ¿Y qué haría cuando se serenase lo suficiente para leer la *Guía de Las Vegas*, como acababa de hacer yo, y se enterase de que la Streisand no actuaría en el Americana hasta tres semanas después?

Mi abogado aceptó al fin que Lucy debía irse. La posibilidad de incurrir en la Ley Mann, que traería consigo un proceso para quitarle la licencia y la pérdida total de su medio de vida, fue un factor clave en su decisión. Una acusación federal muy jodida. Sobre todo teniendo en cuenta que sería un monstruo samoano el que se vería enfrentado a un jurado de típicos blancos clase media del sur de California.

–Podrían considerarlo rapto incluso –dije–. Irías derecho a la cámara de gas, como Chessman. Y aunque consiguieses librarte de *eso*, te mandarían otra vez a Nevada por Violación y Sodomía consensual.

—¡No! —gritó él—. Lo siento por la chica. Yo quería ayudarla.

Sonreí.

—Eso fue lo que dijo Fatty Arbuckle, y ya sabes lo que le hicieron.

—¿Quién?

—Da igual —dije—. Imagínate diciéndole a un jurado que intentabas ayudar a esta pobre chica dándole LSD y llevándotela luego a Las Vegas para una de tus fricciones especiales por detrás en pelota picada.

Movió la cabeza muy triste.

—Tienes toda la razón. Probablemente me quemasen en la hoguera... me prendiesen fuego allí mismo en el banquillo. Mierda, no merece la pena intentar ayudar a alguien en estos tiempos...

Metimos a Lucy en el coche, diciéndole que pensábamos que era hora de «Ir a conocer a Barbra». No hubo problema para convencerla de que se llevase todas sus obras de arte, pero no podía entender por qué mi abogado quería llevar también su maleta.

—No quiero ponerla nerviosa —protestaba Lucy—. Se creerá que intento instalarme con ella o algo parecido.

—No, mujer, qué va —dije rápidamente... pero eso fue todo lo que se me ocurrió decir. Me sentía Martin Bormann. ¿Qué le pasaría a aquella pobre calamidad cuando la dejáramos suelta? ¿La cárcel? ¿La trata de blancas? ¿Qué haría en tales circunstancias el doctor Darwin? (¿Supervivencia de los... *más aptos?* ¿Era ésa la palabra adecuada? ¿Había considerado Darwin alguna vez la idea de la inaptitud *temporal?* Lo mismo que la «locura temporal». ¿Podría haber hecho el doctor sitio en su teoría para algo como el LSD?)

Todo eso era pura disquisición académica, claro, Lucy era una piedra de molino potencialmente fatal colgando del cuello de ambos. No teníamos más elección que dejarla a la deriva y esperar que le fallara totalmente la memoria. Pero algunas víctimas del ácido, sobre todo los mongoloides nerviosos, tienen una extraña capacidad tipo *idiot savant* para recordar detalles raros y nada más. Era posible que Lucy se pasara dos días más con amnesia total para luego salir de esa situación sin más recuerdo que nuestro número de habitación del Flamingo...

Pensé en esto... pero la única alternativa era dejarla suelta en el desierto y alimentar a los lagartos con sus restos. A esto no estaba dispuesto; parecía algo excesivo para lo que intentábamos proteger: a mi abogado. Era sólo eso. Así que el problema era encontrar un equilibrio, enfilar a Lucy en una dirección que no le disparase la mente provocando una reacción desastrosa.

Lucy tenía dinero. Mi abogado se había asegurado de esto. «Por lo menos doscientos dólares», me dijo. «Y siempre podemos llamar a los polis de allá arriba de Montana, donde ella vive, y darles el soplo.»

A esto me resistía. Lo único peor que dejarla suelta por Las Vegas, a mi parecer, era entregarla a «las autoridades»... Lo cual era a todas luces impensable. Al menos de momento.

—¿Pero qué clase de monstruo eres? —dije—. Primero raptas a la chica, luego la violas y ahora ¡quieres que la encierren!

Se encogió de hombros.

—Fue sólo algo que se me ocurrió sobre la marcha —dijo—. Ella no tiene *ningún testigo*. Lo que diga de nosotros no vale nada.

—¿Nosotros? —dije.

Me miró fijamente. Advertí que iba despejándose. El ácido se había esfumado casi por completo. Eso significaba que Lucy también debía estar bajando. Era hora de cortar el cordón.

Lucy nos esperaba en el coche, escuchando la radio con una sonrisa pasadísima. Nosotros estábamos a unos diez metros de distancia. Cualquiera que nos mirase desde lejos podría haber pensado que teníamos una tremenda y nefanda discusión sobre quién tenía «derechos sobre la chica». Era una escena típica de aparcamiento de Las Vegas.

124

Decidimos por fin instalarla en el Americana. Mi abogado se acercó al coche y consiguió sacarle cuál era su apellido con algún pretexto, y luego yo entré rápidamente y llamé al hotel... diciendo que era tío de la chica y que quería que la tratasen «muy amablemente, porque era una artista y quizá les pareciese algo impresionable». El empleado me aseguró que la tratarían con la mayor cortesía.

Luego la llevamos hasta el aeropuerto, diciendo que íbamos a cambiar la Ballena Blanca por un Mercedes 600, y mi abogado la metió en el vestíbulo con todo su equipaje. Aún estaba trastornada y balbuciente cuando se la llevó. Yo doblé una esquina y le esperé allí.

Al cabo de diez minutos llegó corriendo al coche y entró.

—Sal despacio –dijo–. Procura no llamar la atención.

Cuando salimos a Las Vegas Boulevard, me explicó que le había dado a uno de los empleados del aeropuerto un billete de diez dólares para que hiciese que llevaran al Americana, donde ya tenía reserva, a su «amiga borracha».

—Le dije que se asegurara de que llegaba allí –explicó.

—¿Y crees que llegará?

Asintió con un gesto.

—El tipo dijo que pagaría lo del taxi con los cinco pavos extra que le di, y que le diría al taxista que la tratase bien. Le dije que tenía que arreglar un asunto, pero que volvería en una hora... y que si la chica no estaba ya en el hotel, volvería y le arrancaría los pulmones.

—Muy bien –dije–. En esta ciudad uno no puede ser sutil.

Rió entre dientes.

—Como abogado tuyo te aconsejo que me digas dónde pusiste esa mescalina que tenemos a medias.

Paré. La bolsa estaba en el maletero. Sacó dos pastillas y tomamos una cada uno. El sol iba hundiéndose tras los cerros cubiertos de maleza del noroeste de la ciudad. La radio gorjeaba una buena melodía de Kristofferson. Volvimos a la ciudad en aquel cálido crepúsculo, muy tranquilos y relajados ya, en aquellos asientos de cuero rojo de nuestro Coupe de Ville blanco eléctrico.

—Quizá deberíamos tomarnos las cosas con calma hasta la noche —dije, mientras pasábamos como cohetes frente al Tropicana.

—Sí, me parece muy bien —dijo—. Vamos a buscar un restaurante en que den buen pescado y tomaremos salmón. Me apetece muchísimo el salmón.

Asentí.

—Pero creo que primero debemos volver al hotel a instalarnos. Quizá nos viniese bien un chapuzón rápido con un poco de ron.

Aceptó la propuesta, retrepándose en el asiento y alzando la vista al cielo. La noche caía lenta.

4. NO HAY REFUGIO PARA EL DEGENERADO... REFLEXIONES SOBRE UN YONQUI ASESINADO

Cruzamos el aparcamiento del Flamingo, y dimos la vuelta, a través del laberinto, hasta nuestra ala. Ningún problema para aparcar, ningún problema con el ascensor, y la suite estaba absolutamente tranquila y silenciosa cuando entramos: en penumbra, y pacíficamente elegante, con grandes puertas deslizantes que se abrían al césped y a la piscina.

Lo único que se movía en la habitación era la luz de aviso del teléfono con su parpadeo rojo.

–Debe de ser del servicio de habitaciones –dije–. Pedí un poco de hielo y bebidas. Supongo que los trajeron cuando estábamos fuera.

Mi abogado se encogió de hombros.

–Tenemos de sobra –dijo–. Pero, en fin, no viene mal que haya más. Sí, qué diablos, diles que lo traigan.

Descolgué el teléfono y llamé a recepción.

–¿Qué recado hay para mí? –pregunté–. Mi luz parpadea.

El de recepción pareció vacilar. Pude oír que hurgaba entre papeles.

–¡Ah, sí! –dijo al fin–. ¿Es el señor Duke, verdad? Sí, tiene dos recados. Uno dice: «Bienvenido a Las Vegas. Asociación Nacional de Fiscales de Distrito».

–Estupendo –dije.

–... y el otro –continuó– dice: «Llame a Lucy al Americana, habitación 1600».

–¿Qué?

Repitió el recado. No había error.

–¡Mierda puta! –murmuré.

–¿Cómo? –dijo el empleado.

Colgué.

Mi abogado estaba haciendo el Gran Escupitajo, otra vez, en el baño. Salí a la terraza y me quedé mirando la piscina, aquel saco de agua brillante arriñonado que espejeaba al lado de nuestra suite. Me sentí como Otelo. Sólo llevaba unas horas en la ciudad y ya habíamos montado el escenario de una tragedia clásica. El héroe estaba condenado. Había sembrado ya la semilla de su propia caída...

¿Pero quién era el Héroe de aquel sórdido drama? Dejé la piscina y me enfrenté a mi abogado, que salía ahora del baño limpiándose la boca con una toalla. Tenía los ojos vidriosos y límpidos.

–Esta maldita mescalina –murmuró–. ¿Por qué cojones no la harán algo menos pura? ¿Tú crees que si mezclásemos Rollaids o algo así...?

–Otelo usaba dramamina –dije.

Cabeceó, echándose la toalla al cuello mientras se agachaba a poner la tele.

–Sí, he oído hablar de esos remedios. Tu Fatty Arbuckle usaba aceite de oliva.

–Llamó Lucy –dije.

–¿Qué? –se estremeció visiblemente... como un animal alcanzado por una bala.

–Acaba de decírmelo el telefonista. Está en el Americana, en la habitación 1600... y quiere que la llamemos.

Me miró fijamente... y en ese momento sonó el teléfono.

Me encogí de hombros y lo descolgué. No tenía sentido intentar ocultarse. Nos había encontrado, y eso bastaba.

–Diga –dije.

Era otra vez de recepción.

–¿Señor Duke?

–Sí.

–¿Cómo está, señor Duke? Siento que nos cortaran hace un momento... Pero pensé que debería llamar otra vez, porque me preguntaba...

–¿*Qué?* –tuve la sensación de que todo se nos iba a caer encima.

Aquel jodido estaba a punto de soltarme algo. ¿Qué le habría *dicho* aquella zorra chiflada? Intenté conservar la calma.

–¡Oiga, estamos viendo las noticias! –aullé–. ¿Quién diablos es usted para interrumpir?

Silencio.

–¿Qué *quiere?* ¿Dónde está ese maldito hielo que pedí? ¿Y la bebida? ¡Hay una guerra en marcha, amigo! ¡Están matando gente!

–¿Matando? –casi susurró la palabra.

–¡En Vietnam! –grité–. ¡Por esa maldita tele!

–Oh... sí... claro –dijo–. Esa horrible guerra. ¿Cuándo acabará?

–Bueno, dígame –dije suavemente–. ¿Qué es lo que *quiere?*

–Sí, sí, claro –dijo volviendo bruscamente a su tono de empleado–. Creí que debía decirle... porque sé que está usted aquí en esa convención de la policía... que la mujer que dejó ese recado para usted parecía muy *trastornada.*

Vaciló, pero yo no dije nada.

–Pensé que debía usted saberlo –concluyó.

–¿Qué le dijo *usted?* –pregunté.

–*Nada.* Nada de nada, señor Duke. Yo sólo cogí el recado –hizo una pausa–. Pero no fue tan fácil hablar con esa mujer. Estaba... bueno... nerviosísima. Creo que estaba llorando.

–¿Llorando? –se me había hecho un nudo en el cerebro; no podía pensar; la droga empezaba a hacer efecto–. ¿Y por qué lloraba?

129

–Bueno... sabe... no lo dijo, señor Duke. Pero como yo sabía cuál era el trabajo de usted, pensé...

–Entiendo –dije rápidamente–. Mire, si vuelve a llamar alguna vez esa mujer, quiero que sea amable con ella. Es nuestro *caso en estudio*. La tenemos en observación.

Sentí de pronto que la cabeza se me despejaba. Las palabras salían con fluidez.

–Es absolutamente inofensiva, por supuesto... no habrá ningún problema... esa mujer ha estado tomando láudano, es un experimento controlado, pero me parece que necesitaremos su colaboración antes de que esto acabe.

–Bueno, yo... *desde luego* –dijo–. Nosotros siempre estamos dispuestos a cooperar con la policía... Siempre, claro, que no haya ningún problema... para nosotros, quiero decir.

–No se preocupe –dije–. Usted está protegido. Lo único que tiene que hacer es tratar a esta pobre mujer como trataría a cualquier otro ser humano que tuviera problemas.

–¿Qué? –parecía tartamudear–. Ah... sí, sí, ya entiendo lo que quiere decir... sí... ¿así que el responsable *será usted?*

–Pues claro –dije–. Y ahora tengo que volver a la tele.

–Gracias –murmuró él.

–Mande el hielo –dije, y colgué.

Mi abogado sonreía plácidamente ante el televisor.

–Buen trabajo –dijo–. Nos tratarán como a leprosos ahora.

Asentí, sirviéndome un buen vaso de Chivas Regal.

–Hace tres horas que no dan un noticiario en la tele –dijo, con aire ausente–. Ese pobre imbécil seguramente pensará que tenemos conectado algún canal especial de la pasma. Podías llamar otra vez y pedirle que nos subiera un capacitador sensorial de tres mil vatios además del hielo. Dile que el nuestro acaba de quemarse.

–Te olvidas de Lucy –dije–. Anda buscándote.

Se echó a reír.

–No, te busca a *ti*.

–¿A mí?

–Sí. La dejaste pasmada. La única manera de librarme de ella, allí en el aeropuerto, fue decirle que me llevabas contigo al desierto para ajustar cuentas... que querías que me quitase de en medio para poder quedártela tú solo –se encogió de hombros–. Algo tenía que decirle, cojones. Le expliqué que debía volver al Americana y esperar a ver cuál de los dos volvía.

Se echó a reír otra vez y continuó:

–Supongo que cree que ganaste tú. El recado que dejó no era para mí, ¿verdad?

Asentí. No tenía el menor sentido, pero sabía que era verdad. Razonamiento químico. Los ritmos eran brutalmente claros... y, para él, tenían un sentido clarísimo.

Estaba allí espatarrado el muy cabrón concentrándose en *Misión Imposible*.

Me quedé pensando un rato y luego me levanté y me puse a empacar mis cosas.

–¿Eh, qué haces? –preguntó.

–¿A ti qué te importa? –dije.

La cremallera se atascó un momento, pero di un tirón y conseguí cerrar. Luego me puse los zapatos.

–Espera un momento –dijo–. Por Dios, hombre, ¿no querrás irte?

Asentí.

–Aciertas, me voy. Pero no te preocupes. De camino pararé abajo en recepción. No tendrás problemas.

Se levantó rápidamente, tirando el vaso.

–Muy bien, como quieras; ¿dónde está mi 357?

Me encogí de hombros, sin mirarle, mientras embutía las botellas de Chivas Regal en la bolsa de mano.

–Lo vendí en Baker –dije–. Te debo treinta y cinco pavos.

–¡Cristo bendito! –gritó–. ¡Ese trasto me costó ciento noventa dólares!

Sonreí.

–Me *contaste* cómo conseguiste ese trasto –dije–. ¿Recuerdas?
Vaciló, fingiendo pensar.

–¡Ah, sí! –dijo por fin–. Sí... aquel golfo de Pasadena...

Luego se cabreó otra vez.

–Y me costó uno de los grandes. Aquel tonto del culo liquidó a un estupa. ¡Le esperaba pena de muerte! Cojones, tres semanas en el juzgado y todo lo que conseguí fue un seis tiros de mierda.

–Eres un imbécil –dije–. Te advertí que no trataras con yonquis a crédito... sobre todo siendo *culpables.* Tuviste suerte de que aquel cabrón no te pagara con un tiro en la barriga.

Mi abogado se encogió.

–Era *primo* mío, y el jurado le declaró *inocente.*

–¡Mierda! –repliqué–. ¿A cuántos tíos se ha cargado ese yonqui cabrón desde que le conocemos? ¿Seis? ¿Ocho? Ese puñetero es tan culpable que debería matarle yo mismo, aunque no sea más que por principios. Se cargó a aquel estupa y se cargó a aquella chica del Holyday Inn... ¡Y a aquél de Ventura!

Me miró fríamente.

–Será mejor que te andes con ojo, amigo. Eso son *calumnias* muy graves.

Solté una carcajada, tirando todo mi equipaje a los pies de la cama, mientras me sentaba para acabar el vaso. Me proponía realmente marcharme. En realidad no quería, pero pensaba que nada de lo que pudiese sacar de aquel asunto valía el riesgo de verse enredado con Lucy... Sin duda sería una bellísima persona, si alguna vez recuperaba el juicio... muy sensible, con una reserva secreta de excelente karma por debajo de su número pit bull; un gran talento con magníficos instintos... Una excelente muchachita que, desgraciadamente, había quebrado y enloquecido en algún lugar antes de su dieciocho aniversario.

No tenía nada personal contra ella. Pero la creía muy capaz (dadas las circunstancias) de mandarnos a los dos a la cárcel por lo menos veinte años, basándose en alguna nefanda historia de la que nosotros probablemente no tuviésemos la más remota idea hasta que ella empezase a contarla:

—Sí, señor, esos dos hombres que están ahí en el banquillo son los que me dieron el LSD y me llevaron al hotel...

—¿Y qué te hicieron entonces, Lucy?

—Bueno, señor, no puedo recordarlo exactamente...

—¿De veras? Bueno, quizás ese documento de los archivos del fiscal del distrito le refresquen la memoria, Lucy... Ésta es la declaración que hizo usted al agente Squane poco después de que la encontrasen vagando desnuda en el desierto junto al lago Mead.

—No sé exactamente lo que me hicieron, pero recuerdo que fue horrible. Uno me recogió en el aeropuerto de Los Ángeles. Ese fue el que me dio la píldora... y el otro apareció en el hotel; sudaba muchísimo y hablaba tan de prisa que yo no podía entender qué quería... No, señor, no recuerdo *exactamente* lo que me hicieron entonces, porque aún estaba bajo los efectos de aquella droga... sí, señor, el LSD que ellos me dieron... y creo que estuve desnuda mucho tiempo, puede que todo el tiempo que me tuvieron allí. Creo que fue al oscurecer, porque recuerdo que tenían puestas las noticias. Sí, señor, Walter Cronkite, no se me ha olvidado su cara...

No, yo no estaba dispuesto a aquello. Ningún jurado dudaría de su declaración, sobre todo cuando empezase a tartamudear entre una nube de lágrimas y obscenos relampagueos de recurrencias de ácido. Y el hecho de que no pudiese recordar exactamente qué le habíamos hecho, haría imposible negarlo. El jurado *sabría* lo que habíamos hecho. Habían leído cosas de personas como nosotros en los libros de bolsillo de tres dólares... Y habían visto gente de nuestro tipo en las películas pornográficas de cinco dólares.

Y claro está, nosotros no podíamos arriesgarnos a montar una defensa solos... una vez que hubieran vaciado el maletero de la Ballena.

Y me gustaría indicar, señoría, que las pruebas de la acusación están todas a disposición del jurado... sí, esta colección increíble de drogas y narcóticos ilegales que tenían en su posesión los acusados cuando fueron detenidos después de resistirse a nada menos que nueve funcionarios de policía, seis de los cuales siguen aún hospitalizados... y también otra prueba, el testimonio jurado de tres especialistas profesionales en la represión de narcóticos, elegidos por el presidente de la Asamblea Nacional de Fiscales de Distrito, que se vio gravemente afectada por las tentativas de dichos acusados de infiltrarse, alterar el orden y corromper su convención anual... estos especialistas han declarado que las drogas halladas en posesión de dichos acusados en el momento de su detención eran suficiente para matar a un pelotón de infantes de Marina... y, caballeros, empleo la palabra matar con todos los debidos respetos, por el miedo y el asco que estoy seguro provoca en todos ustedes el pensar que estos violadores degenerados utilizaron esta galaxia de narcóticos para *destruir completamente* el juicio y la moral de la que fue una inocente joven, de esta muchacha *destruida* y degradada que ahora se sienta llena de vergüenza ante todos nosotros... sí, le dieron a esta chica drogas suficientes como para revolverle los sesos de modo tan horrible que ni siquiera puede *recordar* los sucios detalles de aquella orgía que se vio obligada a soportar... ¡y luego la *usaron*, damas y caballeros del jurado, para sus propios fines inconfesables!

5. UNA EXPERIENCIA TERRIBLE CON DROGAS SUMAMENTE PELIGROSAS

No había forma de solucionarlo. Me levanté y agarré mi equipaje. Estaba convencido de lo importante que era salir inmediatamente de la ciudad.

Mi abogado pareció entenderlo al fin.

−¡Espera! −gritó−. ¡No puedes dejarme solo en este nido de víboras! ¡Esta habitación está a mi *nombre!*

Me encogí de hombros.

−Está bien, mierda, está bien −dijo, yendo hacia el teléfono−. Mira, la llamaré. Me libraré de ella.

Y añadió con un cabeceo:

−Tienes razón. Es problema mío.

−No te molestes, ya es demasiado tarde.

−Serías una mierda como abogado −contestó−. Cálmate. Esto lo arreglo yo ahora mismo.

Marcó el número del Americana y pidió la habitación 1600.

−¡Hola, Lucy! −dijo−. Sí, soy yo. Recibí tu recado... ¿qué? No, qué va, le di a ese cabrón una lección que no olvidará nunca... ¿qué?... No, matarle, no, pero no molestará a nadie por una temporada... sí, allí le dejé; lo pateé bien y luego le arranqué todos los dientes.

Jesús, pensé. Debe ser terrible que te digan una cosa así cuando estás en un viaje de ácido.

−Pero hay un problema −seguía diciendo−. Tengo que largarme de aquí inmediatamente. Ese cabrón dio un cheque falso abajo y te dio *a ti* como referencia, así que deben andar buscándonos a los dos..., sí, ya sé, pero no se puede juzgar un libro por las tapas, Lucy; hay personas que están tan podridas por dentro... en fin, no se te ocurra volver a llamar a este hotel; localizarán la llamada y te meterán en chirona inmediatamente... no, yo me largo al Tropicana ahora mismo; te llamaré desde allí en cuanto sepa mi número de habitación... sí, unas dos horas; tengo que actuar con calma porque si no me cazarán también *a mí*... creo que será mejor que utilice un nombre distinto, pero ya decidiré cuál... claro, mujer, en cuanto me inscriba... ¿qué?... sí, mujer, sí. Iremos al Circus-Circus y veremos el número del oso polar; quedarás patitiesa...

Mi abogado cambiaba muy nervioso el teléfono de un oído a otro mientras seguía hablando...

—No, mujer, escucha, he de irme. Es probable que tengan controlado el teléfono... sí, ya sé, fue horrible, pero ya terminó todo... ¡AY, DIOS MÍO! ¡ESTÁN ECHANDO LA PUERTA ABAJO A PATADAS!

Tiró el teléfono al suelo y empezó a dar gritos.

—¡No! ¡Apártese de mí! ¡Soy inocente! ¡Fue Duke! ¡Se lo juro por Dios!

Dio otra patada al teléfono y luego lo recogió y lo puso a unos centímetros de la boca y soltó un largo alarido temblequeante.

—¡No! ¡Nooo! ¡No me apunte con eso! —gritaba.

Luego, colgó de golpe.

—Bueno —dijo tranquilamente—. Ya está. Seguro que está ya metida en el incinerador.

Sonrió.

—Sí, creo que es la última vez que oiremos a Lucy.

Me desplomé en la cama. Su actuación me había dejado un poco trastornado. Por un momento creí que le había estallado el coco, que de verdad creía que le estaban atacando enemigos invisibles.

Pero en la habitación había tranquilidad otra vez. Él estaba de nuevo en su sillón, viendo *Misión imposible* y jugueteando tranquilamente con la pipa de hachís. Estaba vacía.

–¿Dónde está ese opio? –preguntó.

Le tiré el maletín.

–Ten cuidado –murmuré–. Queda poco.

Se echó a reír.

–Como abogado tuyo –dijo–, te aconsejo que no te preocupes.

Luego señaló al baño con un gesto.

–Echa un vistazo a esa botellita marrón que hay en mi estuche de afeitar.

–¿Qué es?

–Adrenocromo –dijo–. No necesitas mucho. Basta una pizca.

Cogí el frasco y metí en él el extremo de una cerilla de cartón.

–Con eso basta –dijo–. A su lado, la mescalina pura parece una simple gaseosa. Si te pasas tomando, te vuelves completamente loco.

Lamí el extremo de la cerilla.

–¿Dónde conseguiste *esto?* –pregunté–. Esto no puede comprarse.

–Es igual –dijo–. Es completamente puro.

Moví la cabeza con tristeza.

–¡Dios mío! ¿A qué especie de monstruo te echaste *esta* vez de cliente? Esta sustancia sólo tiene una fuente posible.

Asintió.

–Las glándulas adrenalínicas de un ser humano vivo –dije–. Si se lo sacas a un cadáver no sirve.

–Lo sé –contestó–. Pero el tipo no tenía dinero. Es uno de esos chiflados del satanismo. Me ofreció sangre humana... me dijo que subiría como nunca en mi vida –se echó a reír–. Creí que era broma, así que le dije que me gustaría conseguir una onza o así de adrenocromo puro... O aunque sólo fuera una glándula adrenalínica fresca para mascar.

Empecé a sentir los efectos de aquello. La primera oleada fue como una combinación de mescalina y metanfetamina. Quizá debiera darme un buen chapuzón, pensé.

–Sí –decía mi abogado–. Engancharon a este tipo por molestar a menores, pero él jura que no lo hizo. «¿Por qué iba a joder yo con *niñas?*», dijo. «Son demasiado *pequeñas.*»

Luego añadió, encogiéndose de hombros:

–¿Qué demonios podía decir yo? Hasta un hombre lobo tiene derecho a asesoramiento legal. No me atreví a echarle. Podría haber cogido un abrecartas y haberme extraído también la glándula pineal.

–¿Por qué no? –dije–. Con eso, probablemente pudiese conseguir a Melvin Bell.

Cabeceé, casi incapaz de hablar ya. Sentía el cuerpo como si acabasen de conectarme a un enchufe de doscientos veinte.

–Demonios, debíamos conseguirnos un poco de ese material –murmuré al fin–. Tragar un buen puñado y ver qué pasa.

–¿Pero qué material?

–Extracto de glándula pineal.

Me miró fijamente.

–Sí, claro –dijo–. Es una *buena* idea ¡Una *pizca* de esa mierda te convertiría en una especie de monstruo de enciclopedia médica! Te estallaría la cabeza como una sandía, amigo, quizás engordases cuarenta kilos en dos horas... y te saliesen garras y verrugas sanguinolentas, y te dieses cuenta de pronto de que tenías seis inmensas tetas peludas en la espalda.

Movió la cabeza enfáticamente.

–Amigo –añadió–. Soy capaz de probar cualquier cosa. Pero en la vida probaría una glándula pineal.

–El año pasado por Navidad un tipo me dio estramonio, una planta entera... la raíz debía pesar ochocientos gramos; había bastante para un *año*... ¡pero me comí toda aquella porquería en unos veinte minutos!

Estaba inclinado hacia él, seguía atentamente sus palabras. La más leve vacilación me hacía desear agarrarle por el pescuezo para hacer que hablara más de prisa.

–¡Bueno! –dije con vehemencia–. ¡Estramonio! ¿Qué pasó?

–Por suerte, lo vomité casi todo inmediatamente. Pero aún así, anduve ciego tres días. ¡Dios mío, ni andar podía! ¡Se me puso todo el cuerpo como de cera! Estaba en tales condiciones que tuvieron que volverme a llevar al rancho en una carretilla... Según decían, intentaba hablar pero emitía unos sonidos como los que hacen los mapaches.

–¡Fantástico! –dije, pero apenas podía oírle.

Estaba tan colocado que las manos arañaban sin control el cobertor de la cama, y tiraba de él mientras le oía hablar. Tenía los talones hundidos en el colchón, las rodillas apretadas... sentía que se me iban hinchando los ojos como si fuesen a estallar y a salírseme de las órbitas.

· –¿Quieres terminar de una puta vez esa historia? –masculle–. ¿Qué diablos pasó? ¿Qué me dices de las glándulas?

Retrocedió, sin perderme de vista mientras cruzaba la habitación.

–Me parece que necesitas otro trago –dijo nervioso–. Demonios, esa cosa te ha pegado fuerte, ¿eh?

Intenté sonreír.

–Bueno... nada grave... no, sí es grave...

Apenas podía mover las mandíbulas; sentía la lengua como magnesio ardiente.

–No... no hay por qué preocuparse.

–No, no hay por qué preocuparse –silbé–. Pero si pudieses... echarme a la piscina, o algo así...

–Maldita sea –dijo–. Tomaste *demasiado*. Estás a punto de explotar. ¡Dios mío, qué cara tienes!

No podía moverme. Estaba ya paralizado por completo. Tenía contraídos todos los músculos del cuerpo. Ni siquiera podía mover los ojos, y menos aún girar la cabeza o hablar.

–No dura mucho –dijo–. Lo peor es el primer chupinazo. No tienes más que dejar que pase. Si te metiese ahora en la piscina, te hundirías como una piedra.

Aquello era la muerte. Estaba convencido. Parecía que ni siquiera los pulmones me funcionaban. Necesitaba respiración artificial, pero no podía abrir la boca para decirlo. Iba a *morir*. Allí sentado en la cama, sin poder moverme. En fin, por lo menos no sentía dolor. Probablemente quede en blanco en unos segundos y después de eso nada importará.

Mi abogado había vuelto a la televisión. Otra vez noticias. La cara de Nixon llenó la pantalla, pero su discurso era un galimatías incomprensible. La única palabra que pude captar fue «sacrificio». Una y otra vez. «Sacrificio... sacrificio... sacrificio...»

Percibía mi propia respiración, laboriosa y pesada. Mi abogado pareció darse cuenta.

–Lo que tienes que hacer es estar tranquilo, relajado –dijo sin volverse–. No debes oponerte a ello, porque si no empezarás a tener burbujas cerebrales... ataques, aneurismo... sencillamente te marchitarás y morirás.

Su mano cruzó el aire repentinamente para cambiar el televisor de canal.

Fui incapaz de moverme hasta pasada la medianoche... pero no me vi aún libre de la droga. El voltaje no había hecho más que pasar de 220 a 110. Seguía siendo una ruina balbuciente y nerviosa, que vagaba por la habitación como un animal salvaje, sudando a mares e incapaz de concentrarme en una idea más de dos o tres minutos.

Mi abogado colgó el teléfono después de hacer varias llamadas.

–Sólo podemos conseguir salmón fresco en un sitio –dijo–. Y los domingos está cerrado.

–Claro –masculle–. ¡Esos Niños de Jesús de Mierda! ¡Se están multiplicando como ratas!

Me miró curioso.

–¿Y qué hay del Process? –dije–. ¿No tienen un local aquí? ¿Una charcutería o algo así, con unas cuantas mesas atrás? En Londres tenían un menú fantástico. Comí allí una vez, una comida increíble...

–Contrólate –dijo él–. No debes *mencionar* siquiera el Process en esta ciudad.

—Tienes razón –dije–. Llama al Inspector Bloor. Él sabe de comida. Creo que tiene una *lista*.

—Mejor será llamar al servicio de habitaciones –dijo–. Podemos pedir cangrejos y un litro de moscatel Christian Brothers por unos veinte pavos.

—¡No! –dije–. Tenemos que salir de aquí. Necesito aire. Vamos hasta Reno a tomar una buena ensalada de atún... qué diablos, no nos llevará mucho. Son sólo unos seiscientos kilómetros y en el desierto no hay tráfico...

—Ni hablar –dijo–. Es *Territorio del Ejército*. Pruebas de bombas, gas nervioso... no conseguiríamos llegar.

Acabamos en un sitio llamado The Big Flip, que quedaba a mitad de camino del centro. Yo tomé un «filete neoyorquino» por un dólar ochenta y ocho. Mi abogado pidió el «coyote bush basket», por dos dólares nueve centavos... y después nos bebimos una jarra de acuoso café y vimos a dos tipos, que parecían vaqueros y que estaban bastante borrachos, dejar medio muerto a un marica entre las máquinas de billar romano.

—En esta ciudad siempre hay acción –dijo mi abogado, mientras salíamos hacia el coche–. Un tipo con buenos contactos podría conseguir todo el adrenocromo fresco que quisiera, si anduviese un tiempo por aquí.

Le di la razón, pero no estaba en condiciones de hacerlo, en aquel momento. Llevaba unas sesenta horas sin dormir y aquella terrible prueba con la droga me había dejado completamente exhausto. Al día siguiente tendríamos que tomarnos el asunto en serio. La conferencia de la droga empezaría a mediodía... y aún no estábamos seguros de cómo íbamos a manejar aquel asunto. Así que volvimos al hotel y vimos una película inglesa de terror de final de emisión.

6. PASEMOS AL ASUNTO... DÍA DE LA INAUGURACIÓN DE LA CONFERENCIA SOBRE NARCÓTICOS Y DROGA

«En nombre de los fiscales de este país, os doy la bienvenida.»
Nos sentamos al fondo de una multitud de unas mil quinientas personas en el principal salón de baile del Dunes Hotel. Allá lejos, al fondo, apenas visible desde nuestros puestos, el director ejecutivo de la Asociación Nacional de Fiscales de Distrito (un tipo con pinta de hombre de negocios, mediana edad, bien vestido, aire de triunfador y republicano, llamado Patrick Healy) inauguraba la tercera asamblea nacional sobre narcóticos y drogas peligrosas. Sus comentarios llegaban hasta nosotros por un altavoz grande de baja fidelidad instalado en un poste de acero en nuestro rincón. Había como una docena más por el local, todos enfocados hacia atrás y alzándose sobre la multitud... así que estuvieses sentado donde estuvieras, aunque quisieras esconderte, siempre estabas viendo los morros de un gran altavoz.

Esto hacía un efecto muy raro. La gente de cada sección del salón de baile tendía a mirar fijamente el altavoz más próximo, en vez de mirar la figura distante de quien estuviese hablando realmente allá arriba, al fondo, en el podio. Esta colocación de los altavoces estilo 1935 despersonalizaba por completo el local. El sistema de sonido debía haberlo instalado alguna especie de auxiliar técnico de sheriff al que le habían dado permiso en un autocine de Muskogee, Oklahoma, cuya dirección no podía permitirse altavoces para cada coche y utilizaba diez grandes instalados en los postes telefónicos de la zona de aparcamiento.

Un año antes o así, había estado yo en el Festival de Rock de Sky River, en el Washington rural, y allí una docena de pesadísimos pasotas del Frente de Liberación de Seattle habían instalado un sistema de sonido que transmitía todas las pequeñas notas de una guitarra acústica (y hasta un carraspeo o el rumor de una gota en el escenario) a víctimas del ácido medio sordas acurrucadas entre los matorrales a ochocientos metros de distancia.

Pero, al parecer, los mejores técnicos de que disponía la convención nacional de fiscales de distrito en Las Vegas eran incapaces de resolver el problema. Su sistema de sonido era como el que Ulysses S. Grant hubiese instalado para dirigirse a sus tropas durante el Asedio de Vicksburg. Las voces restallaban con una urgencia confusa y aguda y el intervalo era bastante para que las palabras quedasen desconectadas de los gestos de quien las decía.

—¡Tenemos que llegar a un acuerdo en este país con la Cultura de la Droga!... Droga... Droga...

Estos ecos llegaban hasta el fondo en ondas confusas.

—Y llaman «racha» a la colilla de un porro porque se parece a una cucaracha... cucaracha... cucaracha...[1]

—¿Pero qué coño dicen? —murmuró mi abogado—. ¡Habría que estar enloquecido por el ácido para pensar que un porro se parece a una maldita cucaracha!

Me encogí de hombros. Era evidente que nos habíamos metido en una asamblea prehistórica. Por los cercanos altavoces se abrió paso la voz de un «especialista en drogas» llamado Bloomquist:

—... respecto de esas recurrencias, el paciente nunca sabe. Cree que todo ha terminado y está normal seis meses... y luego, va y zas, vuelve a caer sobre él todo el viaje.

¡Dios maldiga al nefando LSD! El doctor E. R. Bloomquist, médico, era el orador clave, una de las grandes estrellas de la con-

---

1. En inglés *roach*, de *cockroach*, cucaracha. *(N. de los T.)*

ferencia. Es autor de un libro de bolsillo titulado *Marihuana*, que (según la portada) «explica las cosas tal como son» (es también inventor de una teoría *cucaracha/roach...*).

Según la faja del libro, es «profesor clínico ayudante de cirugía (anestesiología) de la Facultad de Medicina de la Universidad del Sur de California» y también «conocida autoridad en el abuso de drogas peligrosas». El doctor Bloomquist «ha aparecido en coloquios de televisión por una cadena nacional, ha asesorado a agencias del gobierno, fue miembro del Comité Sobre Adicción a los Narcóticos y Alcoholismo del Consejo sobre Salud Mental de la Asociación Médica Norteamericana». Su sabiduría, según el editor, está profusamente reimpresa y distribuida. Es, sin lugar a dudas, uno de los puntales de ese circuito de intelectuales escaladores de segunda fila que reciben entre quinientos y mil dólares por adoctrinar a grupos de polis.

El libro del doctor Bloomquist es un compendio de oficiales pijadas. En la página 49 explica los «cuatro estados del ser» en la sociedad de la cannabis: «Cool, groovy, hip y square...» en ese orden descendente. «El square raras veces llega a ser cool, si es que llega a serlo alguna vez», dice Bloomquist. Él no está «en el rollo», es decir, no sabe «de qué va la cosa». Pero si logra imaginarlo, avanza un poco y pasa a ser «hip». Y si logra forzar a probar lo que pasa, se convierte en «groovy». Y después de eso, con mucha suerte y perseverancia, puede elevarse al rango de «cool».

Bloomquist escribe como alguien que hubiese desafiado alguna vez a Tim Leary en el bar del campus y pagado todas las bebidas. Y probablemente fuese alguien como Leary quien le explicó, muy serio, que en la cultura de la droga a las gafas de sol redondas les llaman «sombras de té». Y ése era el tipo de peligroso galimatías que ponían en forma de boletines mimeografiados en los vestuarios del Departamento de Policía.

Por ejemplo: IDENTIFICA AL DROGADICTO. ¡TU VIDA PUEDE DEPENDER DE ELLO! No podrás verle los ojos por las «sombras de té», pero tendrá los nudillos blancos por la tensión interna y los pantalones con manchas de semen de meneársela constantemente cuando no puede encontrar una víctima a la que violar. Vacila y balbucea cuando se le hacen preguntas. No respetará tu placa. El drogadicto no tiene miedo. Es capaz de atacarte sin ninguna razón con cualquier arma de que pueda disponer... incluidas las tuyas. CUIDADO. Cualquier funcionario que detenga a un sospechoso de ser adicto a la marihuana debe utilizar toda la fuerza necesaria inmediatamente. Un agujero a tiempo (en su piel) te ahorrará cinco a ti. Que tengas buena suerte.

EL JEFE

No hay duda. La suerte es importante siempre, sobre todo en Las Vegas. Y la nuestra empeoraba. Era evidente, con sólo echar una ojeada, que la conferencia sobre la droga no era lo que habíamos pensado. Era mucho más *abierta*, demasiado confusa. Un tercio más o menos de los asistentes parecían haber hecho sólo un alto, por ver cómo era aquello, mientras iban camino de la revancha Frazier-Alí en el centro de convenciones de Las Vegas al otro lado de la ciudad. O quizá camino de un encuentro benéfico a favor de los traficantes de heroína jubilados, entre Liston y Marshal Ky.

El local tenía un buen porcentaje de barbas, bigotes y atuendos súper Mod. La Conferencia de Fiscales de Distrito había arrastrado evidentemente a un apreciable contingente de estupas disfrazados y a otros seres de la penumbra. Una ayudante de fiscal de distrito de Chicago llevaba un traje de punto sin mangas marrón claro: su dama era la estrella del casino del Dunes. Brillaba allí como Grace Slick en una reunión de clase del Finch College. Era una pareja clásica. Swingers pasados.

En estos tiempos, el mero hecho de ser poli no significa que no puedas estar en El Rollo. Y aquella conferencia atraía a algunos pavos reales de verdad. Pero mi propio atuendo (zapatos FBI de cuarenta dólares y chaqueta deportiva Madras Pat Boone) estaba más o menos a tono con la gente de los medios de información; porque por cada hip urbano había unos veinte zoquetes cuellirrojos de muy rudo aspecto que podrían haber pasado por ayudantes de entrenador de fútbol americano del estado de Mississippi.

Era ésa la gente que ponía nervioso a mi abogado. Como la mayoría de los californianos, estaba conmocionado al *ver* realmente a aquella gente de El Interior. Allí estaba la flor y nata de las fuerzas represivas del interior de Norteamérica... Y, ¡Dios mío, parecían una pandilla de porqueros borrachos y hablaban como tales!

Intenté consolarle.

—En realidad son gente buena —dije—, cuando llegas a conocerles.

Pero él sonrió y dijo:

—¿*Conocerles?* ¿Quieres tomarme el pelo? Conozco a esa gente de sobra, amigo, es como si lo llevara en la *sangre*.

—¡No *menciones* aquí esa palabra! —dije—. Pueden encabritarse.

Asintió.

—Razón tienes. Vi a esos cabrones en *Easy Rider*, pero no creí que fuesen reales. No creí que fuese *así*. ¡*Cientos* de ellos!

Mi abogado llevaba un traje azul de rayas finas cruzado, un atuendo mucho más elegante que el mío... pero le ponía muy nervioso. Porque estar elegantemente vestido en aquella compañía significaba casi con toda seguridad que eras un poli encubierto, y mi abogado se gana la vida con gente muy sensible en este campo.

—¡Esto es una *pesadilla* insoportable! —murmuraba una y otra vez—. Me he infiltrado en esa conferencia de cerdos y estoy seguro de que en esta ciudad hay algún freak traficante, de esos aficionados a las bombas, que me reconocerá y correrá la noticia de que estoy aquí en una fiesta con un millar de *polis*.

Todos llevábamos tarjetas de identificación. Iban incluidas en la «tasa de inscripción» de cien dólares. En la mía decía que era un «investigador privado» de Los Ángeles... lo cual, en cierto modo, era cierto. En cuanto a la tarjeta de identificación de mi abogado, le describía como especialista en «Análisis de Drogas Ilegales». Lo cual, en cierto modo, era verdad también.

Pero nadie parecía preocuparse de quién era, qué o por qué. El servicio de seguridad era demasiado laxo para tal tipo de rechinante paranoia. Pero estábamos también un poco tensos porque el cheque que habíamos dado en recepción para nuestra tasa doble de inscripción pertenecía a uno de los clientes de mi abogado, un tipo entre macarra y traficante, y mi abogado suponía, por larga experiencia, que el cheque no valía nada en absoluto.

7. SI NO SABES, VEN A APRENDER... SI SABES, VEN
A ENSEÑAR (Lema de las invitaciones a la Convención
Nacional de Fiscales de Distrito de Las Vegas,
25-29 de abril de 1971)

La primera sesión (los discursos de apertura) duró casi toda
la tarde. Permanecimos allí pacientemente sentados las dos primeras horas, aunque se hizo evidente desde el principio que no
íbamos a Aprender nada y se hizo patente también que no seríamos tan locos como para intentar Enseñar.

No resultaba difícil, por otra parte, estar allí sentados, llena
de mescalina la cabeza y oír hora tras hora paparruchas insulsas...
desde luego, ningún riesgo corríamos con ello. Aquellos pobres
cabrones no distinguían la mescalina de los macarrones.

Creo que podríamos haber hecho todo aquello en ácido... si
no hubiese sido por ciertos individuos. Había en aquel grupo ca-
ras y cuerpos que en ácido habrían resultado completamente insoportables. La visión de un jefe de policía de Wako, Texas, mo-
rreándose abiertamente con su esposa (o lo que fuese aquella
mujer que le acompañaba) de ciento veinte kilos, cuando se apa-
gaban las luces para una Película sobre la droga, apenas si era so-
portable con mescalina (que es una droga básicamente sensual y
superficial, que exagera la realidad en vez de alterarla), pero con
la cabeza llena de ácido, la visión de dos seres humanos fantásti-
camente obesos enzarzados en un magreo público mientras mil
polis que les rodeaban veían una película sobre los «peligros de
la marihuana» no sería emocionalmente aceptable. El cerebro la

148

rechazaría: la médula intentaría bloquear las señales que recibía de los lóbulos frontales... y el cerebro medio, entretanto, intentaría desesperadamente introducir una interpretación distinta, antes de pasarla a la médula y correr el riesgo de una reacción psíquica.

El ácido es una droga relativamente *compleja* en sus efectos, mientras que la mescalina es bastante más simple y directa. Pero, en un marco como aquél, la diferencia era puramente académica. En aquella conferencia lo único que apetecía era un consumo masivo de depresores: rojitos, hierba y bebida, porque parecía como si todo el programa hubiese sido organizado por gente que llevase desde 1964 sumida en estupor de seconal.

Había allí más de mil polis de alto rango diciéndose unos a otros: «Debemos llegar a un acuerdo con la cultura de la droga», pero no tenían idea de por dónde empezar. Ni siquiera eran capaces de encontrar la clave del asunto. Se rumoreaba por los pasillos que quizá la mafia estuviese detrás. O quizá los Beatles. En determinado momento, uno de los asistentes le preguntó a Bloomquist si creía que la «extraña conducta» de Margaret Mead en los últimos tiempos podría explicarse por una adicción secreta a la marihuana.

–Pues en realidad no lo sé –contestó Bloomquist–. Pero a su edad, si fumase hierba habría tenido un viaje infernal.

Este comentario provocó sonoras carcajadas entre el público.

Mi abogado se inclinó hacia mí para susurrarme que se iba.

–Estaré abajo en el casino –dijo–. Conozco muchísimos modos mejores de perder el tiempo que estar aquí oyendo *estas* chorradas.

Se levantó, pues, tirando el cenicero del brazo de la butaca, y se lanzó pasillo adelante, hacia la puerta.

Los asientos no estaban dispuestos para facilitar los movimientos espontáneos. La gente intentaba hacer sitio para que pasara, pero no había espacio para moverse.

—¡A ver si tiene más cuidado! —gritó alguien mientras mi abogado arremetía entre ellos.

—¡Jódete! —masculló él.

—¡Un poco de educación! —gritó otro. Por entonces ya estaba casi junto a la puerta.

—¡Tengo que salir! —gritó—. ¡Yo no *pertenezco* a esto!

—Buen viaje —dijo una voz.

Se detuvo, se volvió... luego pareció pensárselo mejor y siguió su camino. Cuando llegó a la salida, toda la parte de atrás del local era un torbellino. Hasta Bloomquist, que estaba al otro extremo, en el escenario, pareció advertir un conflicto lejano. Dejó de hablar y atisbó nervioso en la dirección del ruido. Probablemente creyese que había estallado una pelea... quizás algún tipo de conflicto racial, algo que no hubiera forma de evitar.

Me levanté y me lancé también hacia la puerta. Parecía un momento oportuno para largarse.

—Perdone, es que me encuentro mal —dije a la primera pierna con la que tropecé.

La pierna se encogió, yo repetí:

—Perdón, es que me he puesto malo... perdón, estoy mareado... perdón, sí, no me siento bien...

Me abrieron paso enseguida. Sin una palabra de protesta. Hasta se alzaron algunas manos a ayudarme. Temían que estuviese a punto de vomitar, y no deseaban que lo hiciera... al menos encima de ellos. Conseguí llegar hasta la puerta en unos cuarenta y cinco segundos.

Mi abogado estaba abajo en el bar, hablando con un poli de aire deportivo de unos cuarenta años, en cuya tarjeta de identificación podía leerse que era fiscal de distrito de un lugar de Georgia.

—Yo soy hombre de whisky —decía—. En el sitio de donde soy yo no tenemos muchos problemas de drogas.

—Lo tendréis —dijo mi abogado—. Cualquier noche te despiertas y te encuentras a un heroinómano destrozándote el dormitorio.

—¡Imposible! —dijo el hombre de Georgia—. En mi distrito, no.

Me uní a ellos y pedí un buen vaso de ron con hielo.

—Tú eres otro de los de California, ¿no? Aquí tu amigo está contándome cosas de los drogadictos.

—Los hay por todas partes —dije yo—. Nadie puede estar seguro. Y menos aún en el Sur. Les gustan los climas cálidos.

—Trabajan por parejas —dijo mi abogado—. Y a veces van en bandas. Se te meten en el dormitorio y se te sientan encima del pecho, con esos cuchillos grandes que llevan.

Cabeceó solemnemente y luego añadió:

—Podrían sentarse incluso en el pecho de *tu mujer...* y hundirle la hoja del cuchillo en la garganta.

—Santo cielo —dijo el sureño—. No sé adónde vamos a parar en este país.

—Es algo increíble —siguió mi abogado—. En Los Ángeles ya no hay quien lo controle. Primero eran las drogas y ahora lo de la brujería.

—¿Brujería? ¡Qué quieres decir!

—Lee los periódicos —dije yo—. ¡Amigo, uno no sabe lo que es bueno hasta que tiene que enfrentarse a un grupo de esos adictos enloquecidos por los sacrificios humanos!

—¡Bah! —dijo él—. ¡Eso es ciencia ficción!

—No donde trabajamos *nosotros* —dijo mi abogado—. Mira, sólo en Malibú, esos jodidos adoradores de Satán matan *a diario* a seis u ocho personas.

Hizo una pausa para vaciar el vaso.

—Y ésos lo que quieren es sangre —continuó—. En caso de apuro asaltan a la gente en plena calle.

Cabeceó y continuó:

–Sí, demonios. Precisamente el otro día tuvimos un caso de unos que agarraron a una chica en plena calle, a la salida de un puesto de hamburguesas. Era una camarera, de unos dieciséis años... ¡y había un montón de gente mirando, además!

–¿Pero qué pasó? –dijo nuestro amigo–. ¿Qué le *hicieron?* Parecía muy afectado por lo que oía.

–¿*Hacerle?* –dijo mi abogado–. Válgame Dios. ¡Le cortaron la cabeza allí mismo en el aparcamiento! Luego la llenaron de agujeros y le chuparon toda la sangre.

–¡Dios mío! –exclamó el hombre de Georgia–... ¿y nadie *hizo* nada?

–¿Y qué *podían* hacer? –dije yo–. El que le cortó la cabeza medía dos metros y debía pesar lo menos ciento veinte kilos. Además llevaba dos Lugers, y los otros llevaban M-16. Todos veteranos...

–El grande había sido comandante de infantería de marina –dijo mi abogado–. Sabemos donde vive, pero no podemos ni acercarnos a la casa.

–¡No, claro! –exclamó nuestro amigo–. ¡Es comandante!

–Quería la glándula pineal –dije yo–. Así fue cómo se hizo tan grande. Cuando salió de la infantería de marina era un tipo bajito.

–¡Ay, Dios mío! –dijo nuestro amigo–. ¡Pero eso es horrible!

–Pues pasa a diario –dijo mi abogado–. Normalmente son familias enteras. Van de noche. La mayoría ni siquiera despiertan hasta que sienten que se les va la cabeza... y entonces, claro, ya es demasiado tarde.

El del bar se había parado a escuchar. Yo había estado observándole. Su expresión no era nada tranquila.

–Tres más de ron –dije–. Con mucho hielo, y con unos trozos de lima.

Asintió, pero me di cuenta de que su pensamiento no estaba en lo que hacía. Miraba fijamente nuestras tarjetas de identificación.

152

–¿Ustedes están con la convención de policías esa de arriba? –dijo por fin.

–Claro, amigo –dijo el hombre de Georgia con una gran sonrisa.

El del bar movió la cabeza con tristeza.

–Ya me parecía –dijo–. Es la primera vez que oigo semejantes cosas en este bar. ¡Dios mío! ¿Y cómo pueden *aguantar* ustedes en un trabajo así?

Mi abogado le sonrió:

–Nos gusta –dijo–. Es... alucinante.

El del bar retrocedió; su cara era una máscara de repugnancia y asco.

–¿Pero qué le pasa? –dije–. Alguien tiene que hacerlo, que se cree usted.

Me miró fijamente un momento y se fue.

–Deprisa esos tragos –dijo mi abogado–. Estamos sedientos

Y se echó a reír y revolvió los ojos cuando el del bar se volvió a mirarle.

–Sólo *dos* de ron –dijo–. A mí un Bloody Mary.

El del bar pareció ponerse algo tenso, pero nuestro amigo de Georgia no se dio ni cuenta. Su pensamiento estaba en otro sitio.

–Demonios, es espantoso oír esas cosas –dijo quedamente–. Porque todo lo que pasa en California, tarde o temprano, acaba pasando en mi tierra. Sobre todo en Atlanta. Y por lo menos antes los malditos cabrones eran *pacíficos*. En realidad lo único que teníamos que hacer era tenerlos vigilados. No se movían mucho –se encogió de hombros–. Pero ahora, demonios, *nadie* está seguro. Podrían aparecer en cualquier sitio.

–Eso desde luego –dijo mi abogado–. Lo sabemos muy bien en California. Recuerdas dónde apareció Manson, ¿no? Justo en medio del Valle de la Muerte. Tenía todo un *ejército* de desviados sexuales allí. Sólo conseguimos echar el guante a unos cuantos. Escaparon casi todos; escaparon corriendo entre las dunas, como grandes lagartos... y todos en pelota, salvo por las armas.

–Aparecerán en cualquier sitio, muy pronto –dije yo–. Y ojalá estemos preparados para recibirles.

El hombre de Georgia pegó un puñetazo en la barra.

–¡Pero no podemos encerrarnos en casa como prisioneros! –exclamó–. ¡Ni siquiera sabemos quiénes son esos tipos! ¿Cómo los reconocéis?

–No puedes –contestó mi abogado–. La única solución es coger el toro por los cuernos. ¡Acabar con esa basura!

–¿Qué quieres decir? –preguntó.

–Ya sabes lo que quiero decir –dijo mi abogado–. Lo hemos hecho antes y, qué diablos, podemos hacerlo otra vez.

–Cortarles la cabeza –dije yo–. A todos. Eso es lo que estamos haciendo en California.

–*¿Qué?*

–Pues claro –dijo mi abogado–. Es algo confidencial, secreto, pero la gente de *peso* está de acuerdo con nosotros en todo.

–¡Dios santo! ¡No tenía ni idea de que estuviesen tan mal las cosas por allí! –dijo nuestro amigo.

–Procuramos que no trascienda –dije–. No es asunto que pueda tratarse ahí arriba, por ejemplo, con la prensa al lado.

Nuestro amigo asintió.

–¡Claro que no, maldita sea! –dijo–. Cualquiera sabe en lo que acabaría la cosa.

–Los dobermans no hablan –dije yo.

–¿Qué?

–A veces es más fácil simplemente soltarles los perros –dijo mi abogado–. Si intentases quitarles la cabeza sin perros, lucharían como diablos.

–¡Santo cielo!

Le dejamos en el bar, revolviendo el hielo en el vaso, no sonreía ya. Estaba preocupado pensando si le debía o no hablar a su mujer de aquel asunto.

–Ella nunca lo entendería –murmuraba–. Ya sabéis cómo son las mujeres.

154

Asentí. Mi abogado ya se había ido, escurriéndose entre el laberinto de máquinas tragaperras hacia la puerta principal. Me despedí de nuestro amigo advirtiéndole que no dijese nada de lo que habíamos dicho.

8. BELLEZA DE LA PUERTA TRASERA... Y POR FIN UN NUMERITO DE CARRERA DE COCHES POR EL STRIP

Hacia la medianoche, mi abogado quiso café. Había vomitado bastante mientras recorríamos el Strip, y el flanco derecho de la Ballena estaba todo embadurnado. Habíamos parado en un semáforo frente al Silver Slipper junto a un gran Ford azul con matrícula de Oklahoma... en el coche había dos parejas de aire porcino, probablemente polis de Muskogee que aprovechaban la conferencia sobre la droga para que sus mujeres pudiesen ver Las Vegas. Parecía que acabasen de ganarle al Caesar's Palace treinta y tres dólares en las mesas de blackjack, y se dirigiesen al Circus-Circus a disfrutarlos...

... pero de pronto, se vieron junto a un Cadillac descapotable blanco todo vomitado y un samoano de ciento veinte kilos con camiseta de manga corta amarilla de malla gritándoles:

—¡Eh, amigos! ¿Quieren comprar un poco de heroína?

No hubo respuesta. No hubo signo alguno de reconocimiento. Ya les habían advertido sobre cosas así: lo mejor era ignorarlo...

—¡Eh, rostros pálidos! —gritó mi abogado—. ¡Hablo en serio, coño! ¡Quiero venderos *caballo* puro!

Había sacado la cabeza del coche y estaba casi pegado a ellos, pero aún así ninguno contestaba. Eché un vistazo breve, y vi cuatro rostros norteamericanos de mediana edad, paralizados de estupor, mirando fijo al frente.

Nosotros estábamos en el carril del medio. Un giro rápido a la izquierda sería ilegal. Tendríamos que seguir derechos cuando cambiase el semáforo y luego escapar en la esquina siguiente. Esperé, tanteando nervioso el acelerador...

Mi abogado había perdido ya el control:

—¡Heroína barata! —gritaba—. ¡De la buena! ¡Con ésta no os engancharéis! Maldita sea, ¡sé muy bien lo que tengo aquí!

Aporreó la carrocería del coche, para llamar su atención... pero no querían saber nada de nosotros.

—¿Nunca hablaron con un veterano, amigos? —dijo mi abogado—. Acabo de volver de Vietnam. ¡Pero si es heroína, hombre! ¡Puro *caballo!*

De pronto cambió el semáforo y el Ford salió como un cohete. Pisé el acelerador a fondo y me mantuve a su altura unos doscientos metros, vigilando por el espejo retrovisor a ver si aparecían polis; mientras, mi abogado, seguía gritándoles:

—¡Chute! ¡Joder! ¡Heroína! ¡Sangre! *¡Caballo!* ¡Violación! ¡Barato! ¡Comunistas! ¡Voy a meteros la aguja en los ojos, cabrones!

Íbamos hacia el Circus-Circus a gran velocidad y el coche de Oklahoma giró a la izquierda, intentando desviarse por el carril de giro. Cambié de velocidad la Ballena y corrimos parachoques contra parachoques un momento. El tipo no pensaba siquiera en pegarme; había horror en su mirada...

El hombre que iba atrás perdió el control y estirándose por encima de su mujer aulló furioso:

—¡Sucios cabrones! ¡Bajad de ahí y os mataré! ¡Cabrones de mierda!

Parecía dispuesto a saltar por la ventanilla a nuestro coche, loco de furia. Por suerte, el Ford era un dos puertas y no podía salir.

Estábamos llegando al siguiente semáforo y el Ford aún intentaba girar a la izquierda. Íbamos los dos como tiros. Miré por encima del hombro y vi que habíamos dejado muy atrás el resto del tráfico. A la derecha había mucho espacio. Así que pisé el freno, lanzando a mi abogado contra la guantera, y en el momentó en que el Ford siguió adelante corté por detrás suyo y entré zumbando por una calle lateral, un giro a la derecha algo brusco cruzando tres carriles de tráfico. Pero resultó. Dejamos el Ford calado en medio de la intersección, colgado en mitad de un rechinante giro a la izquierda. Con un poco de suerte, les detendrían por conducción peligrosa.

Mi abogado reía a carcajadas mientras bajábamos en primera, con las luces apagadas, por un polvoriento entramado de calles secundarias detrás del Desert Inn.

–Demonios –dijo–. Esos de Oklahoma se estaban poniendo nerviosos. El tipo del asiento de atrás quería *morderme*. Echaba espuma por la boca.

Cabeceó solemnemente y añadió:

–Debía haber machacado a ese jodido... un psicópata criminal, un desastre absoluto... uno nunca sabe cuándo pueden explotar esos tipos.

Metí la Ballena en una curva que parecía llevar fuera de aquel laberinto... pero en vez de patinar, el maldito cacharro estuvo a punto de dar una vuelta de campana.

–¡Hostias! –aulló mi abogado–. ¡Apaga esas luces!

Estaba subiéndose a la parte de arriba del parabrisas... y de pronto se puso a echar el Gran Escupitajo por encima.

Me negué a aminorar la marcha hasta estar seguro de que nadie nos seguía... especialmente aquel Ford de Oklahoma: aquella gente era muy peligrosa, al menos hasta que se calmaran. ¿Informarían de aquel terrible y fugaz enfrentamiento a la policía? Probablemente no. Había sucedido demasiado deprisa, sin testigos, lo más razonable era que, de todos modos, nadie les creyera. La idea de que dos traficantes de heroína estuvieran recorriendo el Strip en un Cadillac descapotable blanco metiéndose en los cruces con desconocidos era, en principio, algo absurdo. Ni siquiera Sonny Liston llegó a perder el control hasta ese punto.

Volvimos a girar y a punto estuvimos de volcar otra vez. El Coupe de Ville no es ideal para doblar esquinas a gran velocidad en barrios residenciales. Es bastante traidor... a diferencia del Tiburón Rojo, que había respondido magníficamente en situaciones en las que era necesario el derrape rápido sobre las cuatro ruedas. Pero la Ballena (en vez de deslizarse en el momento crítico) tenía tendencia a *clavarse*, lo cual producía esa inquietante sensación de «allá vamos».

Al principio creí que era sólo porque los neumáticos no estaban bien hinchados, así que lo metí en la primera gasolinera de Texaco, junto al Flamingo, e hice que hincharan las ruedas hasta las cincuenta libras cada una... lo cual alarmó al empleado, hasta que le dije que se trataba de neumáticos «experimentales».

Pero las cincuenta libras no resolvían el problema de las curvas, así que volví al cabo de unas horas y le dije que quería probar con setenta y cinco. El tipo movió la cabeza nervioso.

—No quiero hacerlo —dijo, pasándome la manguera de aire—. Tome. Los neumáticos son suyos. Hágalo *usted*.

—¿Pero qué pasa? —pregunté—. ¿Cree usted que no pueden *aguantar*?

Asintió, apartándose mientras me lanzaba a por la rueda delantera izquierda.

—Eso es —dijo—. Esos neumáticos llevan veintiocho en las delanteras y treinta y dos atrás. En fin, cincuenta es *peligroso*, pero setenta y cinco es una *locura*. ¡Explotarán!

Sacudí la cabeza y seguí llenando la rueda delantera izquierda.

—Ya se lo dije —expliqué—. Estos neumáticos están diseñados por los Laboratorios Sandoz. Son especiales. Puedo meterles hasta cien.

—¡Santo Dios! —gruñó—. Aquí no lo haga.

—Hoy no —contesté—. Quiero ver cómo toman las curvas con setenta y cinco.

Rió entre dientes.

–No *llegará* ni a la esquina, señor.

–Ya lo veremos –dije, pasando a la parte de atrás con la manguera de aire.

La verdad es que estaba nervioso. Las ruedas delanteras estaban tensas como tambores. Cuando las golpeabas con la varilla, sonaban a madera de teca. Pero ¿qué demonios? pensé. Si explotan, qué más da. Pocas veces tiene un hombre oportunidad de realizar experimentos decisivos con un Cadillac virgen y cuatro neumáticos nuevos de ochenta dólares. Según mi opinión, el trasto podía empezar a coger las curvas como un Lotus Elan. Si no, lo único que tenía que hacer era llamar a la agencia VIP y que me entregasen otro... Podía amenazarles incluso con un pleito por que habían explotado los cuatro neumáticos, en pleno tráfico además. La próxima vez pediría un Eldorado, con cuatro neumáticos Michelin X. Y lo cargaría todo a la tarjeta... se lo cargaría todo a aquel equipo de béisbol de San Luis.

En fin, la cosa es que la Ballena se portó magníficamente con aquellos neumáticos. Bueno, resultaba algo inquietante. Sentías todas las piedrecitas del camino. Era como recorrer en patines un camino de grava. Pero aquel chisme tomaba las curvas con muchísimo estilo, era como conducir una moto a toda marcha un día de mucha lluvia: un patinazo y ZAS, salías por el aire y te recortabas cabrioleando en el paisaje con la cabeza entre las manos.

Unos treinta minutos después de nuestro incidente con los de Oklahoma, entramos en un restaurante de esos que están abiertos toda la noche, en la autopista de Tonopah, en los arrabales de un gueto miserable llamado Las Vegas Norte, que en realidad está fuera de los límites urbanos propiamente dichos de Las Vegas. Las Vegas Norte es el sitio adonde vas cuando la has cagado ya demasiadas veces en el Strip y ni siquiera te reciben bien en los sitios baratos del centro de la ciudad, alrededor de Casino Center.

Ésta es la respuesta de Nevada al San Luis Este: un barrio pobre y un cementerio, última parada antes del exilio permanente en Ely o Winnemuck. Las Vegas Norte es el lugar al que va la puta que bordea los cuarenta y los hombres del sindicato del Strip deciden que ya no sirve gran cosa para el negocio allí con los peces gordos... o el macarra con mal crédito en el Sands... o lo que aún llaman, en Las Vegas, un «adicto». Esto puede significar casi cualquier cosa desde un borracho a un yonqui, pero en términos de aceptabilidad comercial, significa que ya no sirves para los sitios buenos.

Los grandes hoteles y los casinos dedican mucha pasta a asegurar que los peces gordos no sean molestados lo más mínimo por «indeseables». El servicio de seguridad de sitios como Caesar's Palace es supertenso y superestricto. Es posible que un tercio de las personas que estén en el local en un momento dado sean señuelos o perros guardianes. Los borrachos públicos y los chorizos conocidos reciben un tratamiento que se aplica de modo instantáneo: los matones de esa especie de servicio secreto que hay en la ciudad los sacan al aparcamiento y les dan una conferencia rápida e impersonal sobre el coste del trabajo odontológico y las dificultades de intentar ganarse la vida con dos brazos rotos.

La «parte selecta» de Las Vegas probablemente sea la sociedad más cerrada que hay al oeste de Sicilia... y poco importa, en términos del estilo de vida cotidiano del lugar, si el Hombre que Manda es Lucky Luciano o Howard Hughes. En una economía en que Tom Jones puede ganar setenta y cinco mil dólares semanales por dos espectáculos por noche en el Caesar's, es indispensable la guardia palatina, y a nadie le importa quién firma los cheques. Una mina de oro como Las Vegas crea su propio ejército, como cualquier otra mina de oro. El músculo alquilado tiende a acumularse en gruesas capas alrededor de los polos dinero/poder... y mucho dinero, en Las Vegas, es sinónimo de Poder para protegerlo.

Así que en cuanto te ponen en la lista negra en el Strip, por la razón que sea, o sales de la ciudad o te montan tu número en el limbo barato y mísero de Las Vegas Norte... allí fuera con los pistoleros, los maleantes, los drogolisiados y todos los demás perdedores. Las Vegas Norte, por ejemplo, es el sitio al que vas si necesitas comprar caballo antes de medianoche y no tienes contactos.

Pero si por ejemplo buscas cocaína, y estás dispuesto a dar la cara con unos billetes y las palabras clave adecuadas, es mejor recurrir a una puta bien conectada en el Strip, lo que costará un mínimo de un billete a los primerizos.

Pero en fin, dejemos eso. Nosotros no ajustábamos en el molde. No hay fórmula para encontrarte a ti mismo en Las Vegas con un Cadillac blanco lleno de drogas y nada bueno para mezclar. El estilo Fillmore nunca cuajó aquí del todo. En Las Vegas aún consideran «extravagante» a gente como Sinatra y Dean Martin. El «periódico underground» de aquí, el *Las Vegas Free Press*, es un cauto eco de *The People's World* o quizá del *National Guardian*.

Una semana en Las Vegas es como entrar de pronto en el túnel del tiempo, es una regresión a finales de los cincuenta. Lo cual resulta perfectamente comprensible cuando ves a la gente que viene aquí, los Grandes Gastadores de sitios como Denver y Dallas, junto con las convenciones del Club Nacional de Alces (no se permiten negros) y la Asamblea de Pastores Voluntarios de Todo el Oeste. Son gente que se vuelve literalmente loca sólo con ver una puta vieja que se queda en bragas y sale cabrioleando de la pista al lánguido son de «September Song».

Hacia las tres entramos en el aparcamiento de aquel restaurante de Las Vegas Norte. Yo andaba buscando un ejemplar del *Los Ángeles Times*, para tener noticias del mundo exterior, pero una rápida ojeada al puesto de periódicos convirtió esta idea en un chiste malo: en Las Vegas Norte no necesitan *Times*.

–A la mierda los periódicos –dijo mi abogado–. Lo que necesitamos en este momento es café.

162

Le di la razón, pero de todos modos robé un ejemplar del *Las Vegas Sun*. Era del día anterior, pero daba igual. La idea de entrar en un bar sin un periódico en las manos me ponía nervioso. Siempre estaba la sección deportiva. Conectarse con los resultados del béisbol y los rumores del fútbol profesional norteamericano: «Matones Golpean a Bart Starr en Chicago; Packers Busca Acuerdo»... «Namath Quits Quiere Ser Gobernador de Alabama»... un especulativo reportaje en la página cuarenta y seis sobre un novato sensacional llamado Harrison Fire, de Grambling: corre los cien en nueve justos, ciento cuarenta kilos en pleno desarrollo.

«Este Fire promete, desde luego», dice el entrenador. «Ayer, antes del entrenamiento, deshizo un autobús Greyhound sólo con los manos, y anoche se liquidó un vagón de metro. Es ideal para la televisión en color. Yo no soy de los que tienen favoritos, pero parece que tendremos que hacerle un sitio.»

Sin duda. Hay siempre sitio en la televisión para un hombre capaz de convertir a la gente en gelatina en nueve justos... Pero pocos de ésos había reunidos aquella noche en aquel café de Las Vegas Norte. Teníamos el local solo para nosotros... lo cual resultó ser una suerte, pues nos habíamos tomado de camino otras dos cápsulas de mescalina cuyos efectos empezaban a manifestarse.

Mi abogado ya no vomitaba, ni se hacía el enfermo siquiera. Pidió café con la autoridad del hombre muy acostumbrado al servicio rápido. La camarera parecía una puta muy vieja que hubiese encontrado por fin su lugar en la vida. Era evidente que estaba *al cargo* del local. Nos miró con manifiesta desaprobación cuando nos instalamos en los taburetes.

Yo no presté mucha atención. El North Star Coffee Lounge parecía un puerto bastante seguro frente a las tormentas que nos asediaban. Hay sitios que entras (en este tipo de actividad) y sabes que va a ser jodido. Los detalles son lo de menos. Lo que sabes, con toda seguridad, es que el cerebro empieza a tararear vibraciones brutales en cuanto te acercas a la puerta de entrada. Va a suceder algo disparatado y malo. Y te afectará a *ti*.

Pero nada había en la atmósfera del North Star que me pusiese en guardia. La camarera se mostraba pasivamente hostil, pero a eso ya estaba acostumbrado. Era un mujer grande, no gorda pero grande en todos los sentidos. Brazos grandes y vigorosos, mandíbula de camorrista. Una especie de caricatura gastada de Jane Russell: cabeza grande y pelo oscuro, cara acuchillada con barra de labios y un pecho 100 D que debía haber sido espectacular, veinte años antes, cuando ella quizá fuese de las Mamás del capítulo de Berdoo de los Ángeles del Infierno... pero ahora iba embutida en un sostén elástico color rosa, gigantesco, que resaltaba como una venda a través del sudado rayón blanco del uniforme.

Seguramente estaría casada con alguien, pero yo no estaba con ánimos de especular. Lo único que quería de ella aquella noche era una taza de café solo y una hamburguesa de veintinueve centavos con pepinillos y cebollas. Sin molestias, sin charla... sólo un sitio para descansar y recuperarse. Ni siquiera sentía hambre.

Mi abogado no tenía periódico ni ninguna otra cosa en que centrarse. Así que, por puro aburrimiento, se centró en la camarera. Ella estaba preparando como un robot lo que habíamos pedido, cuando él atravesó su corteza pidiéndole «dos vasos de agua helada... con hielo».

Mi abogado bebió el suyo de un largo trago, luego pidió otro. Vi que la camarera se ponía tensa.

Que se joda, pensé. Estaba leyendo los chistes.

Unos diez minutos después, cuando trajo las hamburguesas, vi que mi abogado le entregaba una servilleta con algo escrito. Lo hizo con toda naturalidad, sin ninguna expresión especial en la cara. Pero por las vibraciones advertí que nuestra paz estaba a punto de hacerse añicos.

—¿Qué era eso? —le pregunté.

Él se encogió de hombros, sonriendo vagamente a la camarera que estaba allí de pie, a unos tres metros de distancia, al fondo de la barra dándonos la espalda mientras leía la servilleta. Por fin, se volvió y miró... Luego, avanzó resueltamente y le tiró la servilleta a mi abogado.

–¿Qué es esto? –masculló.

–Una servilleta –dijo mi abogado.

Hubo un instante de desagradable silencio, y luego la camarera empezó a chillar:

–¡Yo no aguanto esa mierda! ¡Sé lo que significa! ¡Maldito macarra, gordo cabrón!

Mi abogado cogió la servilleta, miró lo que había escrito en ella y volvió a colocarla en la barra.

–Es el nombre de un caballo que tuve –dijo tranquilamente–. ¿Qué demonios le pasa a usted?

–¡Hijoputa! –gritó ella–. He tenido que aguantar mucha mierda aquí, pero desde luego no se la aguanto a un macarra mestizo.

¡Dios mío! pensé. ¿Pero qué pasa? No perdía de vista las manos de aquella mujer, pues temía que cogiese cualquier cosa cortante o pesada. Cogí la servilleta y leí lo que el cabrón había escrito en ella con meticulosas letras rojas:

«¿Belleza de la Puerta Trasera?»

Los interrogantes estaban subrayados.

La mujer chillaba de nuevo:

–¡Paguen la consumición y lárguense! ¿O quieren que llame a la policía?

Busqué la cartera, pero mi abogado se había bajado ya del taburete sin apartar un instante los ojos de la mujer... Luego buscó debajo de la camisa, no en el bolsillo, y de pronto sacó el Mini-Magnum Gerber, una desagradable hoja plateada que la camarera pareció entender instantáneamente.

Se quedó helada. Los ojos frenéticamente fijos en el cuchillo. Mi abogado, sin dejar de mirarla, avanzó unos dos metros por el pasillo y alzó el receptor del teléfono público. Cortó el cable y luego volvió con el receptor a su taburete y se sentó.

La camarera no se movió siquiera. Yo estaba estupefacto de sorpresa, y no sabía si echar a correr o reír a carcajadas.

—¿Cuánto vale ese pastel de limón y merengue? —preguntó mi abogado. Hablaba con naturalidad, como si acabara de entrar allí y estuviera pensado qué pedir.

—¡Treinta y cinco centavos! —dijo cortante la mujer. Tenía los ojos desorbitados por el miedo, pero, al parecer, el cerebro le funcionaba a un nivel motriz básico de supervivencia.

Mi abogado soltó una carcajada.

—Me refiero a *todo* el pastel —dijo.

Ella lanzó un gemido.

Mi abogado puso un billete en el mostrador.

—Pongamos cinco dólares —dijo—. ¿Vale?

Ella asintió, absolutamente paralizada, viendo a mi abogado dar vuelta a la barra y sacar el pastel de detrás del cristal. Me dispuse a salir.

Era evidente que la camarera estaba conmocionada. Sin duda la visión del cuchillo, que había aparecido en el calor de la discusión, había disparado malos recuerdos. Su mirada vidriosa indicaba que le habían hecho algún corte en el cuello. Cuando nos fuimos, seguía aún quieta allí, víctima de aquella parálisis.

9. FRACASO EN PARADISE BOULEVARD

NOTA DEL EDITOR:

En este punto de la cronología, parece ser que el doctor Duke pierde por completo el control. El manuscrito está tan desordenado que nos vimos obligados a buscar la grabación original y a transcribirla literalmente. No pretendimos introducir ninguna corrección en esta parte, y el doctor Duke ni siquiera quiso leerla. Además no hubo forma de localizarle. La única dirección/contacto que teníamos en ese período era una unidad telefónica móvil situada en algún punto de la Autopista 61... y todas las tentativas de localizar a Duke en ese número resultaron infructuosas.

En pro de la honradez periodística, publicamos la sección siguiente tal como salió de la cinta (una de las muchas que el doctor Duke presentó a efectos de verificación junto con su manuscrito). Según la cinta, esta sección sigue a un episodio en el que participaban Duke, su abogado y una camarera de un restaurante nocturno de Las Vegas Norte. El motivo de la conversación que sigue parece venir de la creencia (que comparten Duke y su abogado) de que tendrían que buscar el Sueño Americano en un lugar que quedase claramente fuera de los confines de la Conferencia de Fiscales de Distrito Sobre Narcóticos y Drogas Peligrosas.

La transcripción comienza en algún lugar de los arrabales del nordeste de Las Vegas... yendo por Paradise Road en la Ballena Blanca...

Abogado: Boulder City queda a la derecha. ¿Es una ciudad?

Duke: Sí.

Abogado: Vamos a Boulder City.

Duke: Está bien. Vamos a tomar café en algún sitio...

Abogado: Aquí mismo. Puesto de Tacos de Terry, USA. Puedo ir a por un taco. Dan cinco por billete.

Duke: Resulta muy sospechoso. Preferiría ir a un sitio en que costaran cincuenta centavos cada uno.

Abogado: No... a lo mejor ésta es la última ocasión que tenemos de conseguir tacos.

Duke: ... necesito tomar un café.

Abogado: Yo quiero tacos...

Duke: Cinco por un dólar, eso es como... *cinco hamburguesas* por un dólar.

Abogado: No... no juzgues un taco por el precio.

Duke: ¿Crees que podemos fiarnos?

Abogado: Creo que sí. Hay hamburguesas por veintinueve centavos. Los tacos son a veintinueve centavos. Es un sitio barato, nada más.

Duke: Trata tú con ellos...

(Aquí aparecen sonidos confusos. Editor)

Abogado: ... hola.

Camarera: ¿En qué puedo servirle?

Abogado: Bien, ¿ustedes tienen tacos?, ¿verdad? ¡Son tacos mexicanos o simples tacos normales! Quiero decir: ¿ustedes les ponen chile y demás cosas de ésas?

Camarera: Los tenemos de queso y de lechuga, y tenemos salsa, sabe, que se les pone encima.

Abogado: Quiero decir si garantizan ustedes que son tacos mexicanos auténticos.

Camarera: ... No sé. Oye Lou, ¿tenemos tacos mexicanos auténticos?

Voz de mujer desde la cocina: ¿Qué?

Camarera: Tacos mexicanos auténticos.

Lou: Tenemos tacos. No sé los mexicanos qué serán.

Abogado: Sí, bueno, sólo quiero asegurarme de que recibo exactamente lo que pago. Creo que son cinco por dólar... Bueno, me llevaré cinco.

Duke: Tacoburguesa, ¿qué es eso?

(Ruidos de motores diésel de camión. Editor)

Abogado: Es una hamburguesa con un taco en medio.

Camarera: ... en vez de relleno.

Duke: Un taco de panecillo.

Abogado: Apuesto a que estos tacos que tienen ustedes son sólo hamburguesas con cáscara en vez de panecillo.

Camarera: No sé...

Abogado: ¿Hace poco que trabaja aquí?

Camarera: Hoy es el primer día.

Abogado: Ya me parecía, es la primera vez que la veo aquí. ¿Va a la universidad por aquí?

Camarera: No, yo no voy a la universidad.

Abogado: ¡Oh! ¿Y por qué no? ¿Está usted enferma?

Duke: Dejemos eso. Vinimos aquí a por tacos.

(Pausa.)

Abogado: Como abogado tuyo, te recomiendo la chileburguesa. Es una hamburguesa con chile.

Duke: Demasiado fuerte para mí.

Abogado: Entonces te aconsejo una tacoburguesa. Prueba ésa.

Duke: ... el taco lleva carne. Probaré ésta. Y ahora un poco de café. Ahora mismo, sí. Así podré tomarlo mientras espero.

Camarera: ¿Quiere sólo una tacoburguesa?

Duke: Bueno, probaré, quizá quiera dos.

Abogado: ¿Tiene usted los ojos verdes o azules?

Camarera: ¿Cómo dice?

Abogado: ¿Verdes o azules?

Camarera: Cambian.

Abogado: ¿Como los lagartos?

Camarera: Como los gatos.

Abogado: Ah, sí, los lagartos cambian el color de la piel...

Camarera: ¿Algo para beber?

Abogado: Cerveza. Y tengo cerveza en el coche. Toneladas. Los asientos de atrás están llenos.

Duke: No me gusta mezclar cocos con cerveza y hamburguesa.

Abogado: Bueno, pues entonces a estos cabrones los partiremos... en medio mismo de la autopista. ¿Queda por aquí Boulder City?

Camarera: ¿Boulder City? ¿Azúcar?

Duke: Sí.

Abogado: Estamos *en* Boulder City, ¿eh? ¿O muy cerca?

Duke: No sé.

Camarera: Está ahí. Ese letrero dice Boulder City, ¿no? ¿No son de Nevada?

Abogado: No. Nunca habíamos estado aquí. Estamos viajando.

Camarera: Pues no tienen más que seguir esa carretera de ahí.

Abogado: ¿Y hay ambiente en Boulder City?

Camarera: No me pregunte. Yo no sé...

Abogado: ¿Hay juego?

Camarera: No sé. Es un pueblo pequeño.

Duke: ¿Dónde queda el casino?

Camarera: No sé.

Abogado: Un momento, ¿de dónde es usted?

Camarera: De Nueva York.

Abogado: Y sólo lleva aquí un día.

Camarera: No, llevo más tiempo.

Abogado: ¿Y adónde va usted aquí? ¿Le gusta ir a nadar un poco o algo así?

Camarera: Sí, al lado de mi casa.

Abogado: ¿Cuál es la dirección?

Camarera: Bueno, hay que... ejem... aún no está abierta la piscina.

Abogado: Permítame que se lo explique, que le haga un resumen, si es posible. Andamos buscando el Sueño Americano y nos han dicho que quedaba por aquí cerca. Bueno, andamos buscándolo porque nos mandaron aquí desde San Francisco, y por eso nos dieron ese Cadillac blanco, pensaron que con él podríamos...

Camarera: Oye, Lou, ¿sabes dónde queda el Sueño Americano?

Abogado: (a Duke) Está preguntándole a la cocinera si sabe dónde está el Sueño Americano.

Camarera: Cinco tacos, una tacoburguesa. ¿Sabes dónde está el Sueño Americano?

Lou: ¿Cómo? ¿Qué es eso?

Abogado: Bueno, no sabemos, nos mandaron aquí de San Francisco, a buscar el Sueño Americano, para una revista, un reportaje.

Lou: Ah, ¿se refiere a un sitio?

Abogado: Que se llama Sueño Americano.

Lou: Será el antiguo Club del Psiquiatra...

Camarera: Creo que sí.

Abogado: ¿El antiguo Club del Psiquiatra?

Lou: Ese club está en Paradise... ¿hablan en serio?

Abogado: Sí, claro, desde luego. Miren ese coche... ¿tengo yo cara de tener un coche como ése?

Lou: Podría ser el que llamaban el Club del Psiquiatra... era una discoteca...

Abogado: Puede que fuese.

Camarera: Está en Paradise, desde luego...

Lou: Ese Club era de Ross Allen. ¿Sigue siendo él el propietario?

Duke: No sé.

Abogado: A nosotros lo único que nos dijeron fue id y no paréis hasta encontrar el Sueño Americano. Coged ese Cadillac blanco e id a buscar el Sueño Americano. Queda por la zona de Las Vegas.

Lou: Eso tiene que ser el antiguo...

Abogado: ... y es un reportaje bastante tonto, pero, en fin, por ello nos pagan.

Lou: ¿Tienen que sacar fotos, o...

Abogado: No, no... nada de fotos...

Lou: ... o alguien les mandó a una especie de caza de patos?

Abogado: Es una especie de caza del pato salvaje, más o menos, pero nosotros, personalmente, somos gente muy seria.

Lou: Eso tiene que ser el Antiguo Club del Psiquiatra, pero ahora allí sólo van traficantes, pasotas y toda esa grey.

Abogado: Pues puede que sea. ¿Es un local nocturno o abren de día?

Lou: Oh, nunca cierran, querido. Pero no es un casino.

Duke: ¿Qué clase de sitio es?

Lou: Queda en Paradise, sí, el Antiguo Club del Psiquiatra de Paradise.

Abogado: ¿Se llama así, el Antiguo Club del Psiquiatra?

Lou: No, así es como se llamaba antes. Pero no sé quién lo compró... la verdad es que yo nunca he oído llamarle el Sueño Americano. Era algo relacionado con... no sé... es un bar mental, adonde van todos los drogadictos.

Abogado: ¿Un bar mental? ¿Quiere decir una especie de clínica mental?

Lou: No, querido. Es donde van todos los traficantes y vendedores, andan todos por allí. Allí van todos los chavales pirados, y demás... Pero no lo llaman como ustedes dicen, el Sueño Americano.

Abogado: ¿Tiene idea de cómo puede llamarse? ¿O dónde queda más o menos?

Lou: Justo entre Paradise y Eastern.

Camarera: Pero Paradise y Eastern son paralelas.

Lou: Sí, pero yo sé que saliendo de Eastern, y yendo hacia Paradise...

Camarera: Sí ya sé, pero entonces tendría que ser saliendo de Paradise y dando vuelta por Flamingo, viniendo hacia acá. Creo que cualquiera puede indicarles...

Abogado: Estamos alojados en el Flamingo. Creo que ese sitio del que hablan, por la forma como lo describen, quizá pudiese ser...

172

Lou: No es sitio de turistas.

Abogado: Bueno, por eso me mandaron a mí. Él es el que escribe: yo soy el guardaespaldas. Porque supongo que será un sitio...

Lou: Esos chavales están chiflados...

Abogado: No hay problema.

Camarera: Sí, hacían falta nuevas leyes.

Duke: ¿Violencia las veinticuatro horas del día? ¿Eso es lo que hay allí?

Lou: Exactamente. Veamos, aquí está Flamingo... Demonio, no sé cómo indicarlo, voy a hacerlo a mi modo. Justo aquí, en la primera gasolinera, en Tropicana, tuercen a la derecha.

Abogado: Tropicana a la derecha.

Lou: La primera gasolinera en Tropicana. Cogen a la derecha en Tropicana y siguen hasta Paradise, y entonces verán un edificio negro grande, está todo pintado de negro y tiene una forma muy rara.

Abogado: Seguir por Tropicana, después Paradise, un edificio negro...

Lou: Y a un lado del edificio hay un letrero que dice Club del Psiquiatra, pero están reformándolo completamente todo aquello.

Abogado: Está bien, queda bastante cerca...

Lou: Si puedo hacer algo más por ustedes, queridos... no sé si es ese sitio o no. Pero lo parece. Creo que siguen una buena pista, muchachos.

Abogado: Bueno. Es la mejor pista que nos han dado en estos dos días, hemos preguntado a muchísima gente.

Lou: ... puedo hacer un par de llamadas y asegurarnos.

Abogado: ¿De veras?

Lou: Claro, llamaré a Allen y le preguntaré.

Abogado: Hombre, si pudiese, se lo agradecería.

Camarera: Cuando bajen a Tropicana, no es la primera gasolinera, es la segunda.

Lou: Hay un letrero grande justo al final de la calle, que dice Avenida Tropicana. Siguen recto y cuando lleguen a Paradise, sigan también recto.

Abogado: Muy bien. El edificio negro grande, seguir por Paradise. Drogas y violencia las veinticuatro horas del día...

Camarera: Mire, ¿ve?, aquí está Tropicana, y ésta es la carretera de Boulder que sigue por aquí así...

Duke: Bueno, entonces eso queda muy dentro de la ciudad.

Camarera: Bueno, aquí está Paradise que se bifurca por allí. Paradise, sí. Nosotros estamos aquí. Miren, ¿ven?, ésta es la carretera de Boulder... y aquí está Tropicana.

Lou: No sé, ese encargado de allí es un fumeta también...

Abogado: Bueno, está bien, es una pista.

Lou: Se alegrarán de haber parado aquí, muchachos.

Duke: Sólo si lo encontramos.

Abogado: Sólo si escribimos el artículo y lo publicamos.

Camarera: Oigan, ¿por qué no pasan dentro y se sientan?

Duke: Estamos procurando consumir todo el sol posible.

Abogado: Ella tiene que hacer una llamada telefónica para enterarse de dónde está exactamente.

Duke: Ah, claro. Bien, bien, vamos dentro...

NOTA DEL EDITOR (cont.):

Fue imposible transcribir las grabaciones de lo que siguió debido a que estaban empapadas en un líquido viscoso. Los gruñidos y sonidos incomprensibles tienen una cierta consistencia, sin embargo, e indican que casi dos horas después, el doctor Duke y su abogado localizaron por fin lo que quedaba del «Antiguo Club del Psiquiatra»: una inmensa losa de hormigón chamuscado y fisurado en un solar vacío lleno de hierbas altas. El propietario de una gasolinera de enfrente dijo que aquel local se había «quemado» hacía unos tres años.

10. UN TRABAJO DIFÍCIL EN EL AEROPUERTO... DESAGRADABLE RECURRENCIA PERUANA... «¡NO! ¡ES DEMASIADO TARDE! ¡NO LO INTENTES!»

Mi abogado se fue al amanecer. Estuvimos a punto de perder el primer vuelo a Los Ángeles porque yo no podía encontrar el aeropuerto. Quedaba a menos de treinta minutos del hotel, estaba seguro de ello. Así que salimos del Flamingo a las siete y media exactamente... pero, por alguna razón, olvidamos girar en el semáforo que hay frente al Tropicana. Seguimos luego derechos por la carretera, que corre paralela a la pista principal del aeropuerto, pero por el *otro* lado de la terminal... y no hay manera de cruzar de una a otra legalmente.

–¡Maldita sea! ¡Nos hemos perdido! –gritaba mi abogado–. ¿Qué diablos *hacemos* aquí, en esta maldita carretera? El aeropuerto queda ahí.

Señalaba histéricamente hacia el otro lado de la tundra.

–No te preocupes –dije–. No he perdido un avión en mi vida.

Sonreí al llegarme el recuerdo.

–Salvo una vez en Perú –añadí–. Había pasado ya la aduana, pero volví al bar a charlar con aquel coquero boliviano... y de pronto oí que se ponían en marcha los grandes motores del 707, así que salí corriendo hacia la pista e intenté subir a bordo, pero la puerta quedaba justo detrás de los motores y habían quitado ya la escalerilla. Mierda, los motores me hubieran dejado frito como tocino... pero yo estaba completamente fuera de mí. Desesperado por subir a bordo.

»Los polis del aeropuerto me vieron acercarme y se colocaron formando una barrera a la puerta. Yo a toda marcha, derecho hacia ellos. El tipo que me acompañaba gritó: ¡No, es demasiado tarde! ¡No lo intentes!

»Vi que los polis me esperaban, así que aminoré la marcha como para indicarles que había cambiado de idea... pero cuando vi que se *relajaban,* hice un brusco cambio de ritmo e intenté pasar entre aquellos cabrones.

Hice una pausa, reí entre dientes y luego seguí.

–Dios mío, era como correr a toda marcha en un armario lleno de monstruos de Gila. Y aquellos desgraciados casi me matan. Recuerdo únicamente que me cayeron encima cinco o seis porras al mismo tiempo, y que un montón de voces me gritaban: ¡No! ¡No! ¡Es un suicidio! ¡Paren a ese gringo loco!

»Desperté unas dos horas después en un bar del centro de Lima. Me habían tumbado en uno de esos reservados tapizados de piel que tienen forma de media luna. Allí al lado estaba todo mi equipaje. Nadie lo había abierto... así que me volví a dormir y a la mañana siguiente cogí el primer vuelo.

Mi abogado me oía sólo a medias.

–Mira –dijo–, me gustaría saber más de tus aventuras en el Perú, pero no *ahora.* En este momento, lo que quiero es llegar a esa maldita pista.

Íbamos a bastante velocidad. Yo estaba buscando una salida, algún tipo de carretera de acceso, un carril que llevase por la pista hasta la terminal. Estábamos a unos ocho kilómetros del último semáforo y no había tiempo para dar la vuelta y volver hasta allí.

Sólo había un medio de llegar a tiempo. Pisé los frenos y metí la Ballena en el foso lleno de hierba que había entre los dos carriles de la carretera. La zanja era demasiado profunda para entrarle derecho, así que la cogí en ángulo. La Ballena estuvo a punto de volcar, pero conseguí mantener las ruedas girando y pasamos laboriosamente al otro lado y logramos llegar al otro carril. Por suerte, estaba vacío. Salimos de la zanja con el morro del coche alzado en el aire como el de un hidroavión... saltamos luego a la carretera y seguimos rectos por el campo de cactus del otro lado. Recuerdo que nos cargamos una valla y la arrastramos unos cientos de metros, pero cuando llegamos a la pista controlábamos completamente la situación... y continuamos aullando a casi cien por hora en segunda, y fue como una carrera hasta la terminal.

Mi única preocupación era la posibilidad de que nos aplastase como a una cucaracha un DC-8, al que probablemente no veríamos hasta tenerlo encima. Me preguntaba si podrían vernos desde la torre. Probablemente, pero, ¿por qué preocuparse? Yo seguí pisando a fondo. No tenía sentido dar la vuelta ya.

Mi abogado iba cogido al parabrisas con las dos manos. Le miré de reojo y vi el miedo en sus ojos. Estaba pálido, y comprendí que no le hacía muy feliz aquella maniobra, pero avanzábamos tan deprisa por la pista (luego cactus, luego pista otra vez) que me di cuenta de que comprendía nuestra situación: ya habíamos superado el punto en que se pudiese discutir si aquella maniobra era oportuna o no; estaba ya hecho y nuestra única esperanza era llegar al otro lado.

Miré mi Bulova Accutron y vi que faltaban tres minutos quince segundos para el despegue.

—Hay tiempo de sobra —dije—. Coge tus cosas. Te dejaré al lado del avión.

Se veía ya el gran reactor Western rojo y plata como a un kilómetro delante de nosotros... y por entonces corríamos sobre suave asfalto, pasada ya la pista de entrada.

—¡No! —gritó mi abogado—. ¡Es imposible! ¡Si salgo de aquí me crucificarán! ¡Me llevaré yo toda la culpa!

—No digas tonterías —dije—. Tú les explicas que estabas haciendo autostop para venir al aeropuerto y que yo te recogí... y que no me conoces de nada. Qué coño, esta ciudad está llena de Cadillac descapotables blancos... y voy a pasar por allí tan deprisa que no van a ver ni la matrícula.

Nos acercábamos al avión. Vi que los pasajeros ya estaban subiendo, pero de momento nadie se había fijado en nosotros, que nos aproximábamos por aquella dirección tan insólita.

—¿Estás listo? —dije.

Lanzó un gruñido.

—¿Por qué no? —dijo él—. ¡Pero que sea rápido, por amor de Dios!

Se puso a examinar la zona de carga, luego señaló:

—¡Allí! Déjame detrás de aquel camión grande. Métete detrás y yo saltaré donde no puedan vernos, luego puedes largarte.

Asentí. De momento todo estaba a nuestro favor. Ninguna señal de alarma o de persecución. Me pregunté si aquello pasaría constantemente en Las Vegas: coches llenos de pasajeros que llegaban con retraso, las ruedas rechinando desesperadamente sobre la pista de aterrizaje, dejando samoanos de ojos desorbitados que arrastraban misteriosas bolsas de lona y saltaban a los aviones en el último segundo y se perdían atronando en el crepúsculo.

Quizá sí, pensé. Quizás estas cosas sean normales en esta ciudad...

Me metí detrás del camión y apreté los frenos sólo lo suficientemente para dar a mi abogado tiempo a saltar.

—No les consientas nada a esos cerdos —grité—. Recuérdalo, si tienes algún problema siempre puedes mandar un telegrama a la Gente Justa.

Rió entre dientes.

—Sí... Explicando mi Posición —dijo—. Algún tonto del culo escribió un poema sobre eso. Puede que sea un buen consejo si uno tiene mierda en vez de sesos.

Le hice un gesto de despedida.

—Vale —dije, saliendo de allí.

Ya había localizado un hueco en la gran valla y, con la Ballena en segunda, me lancé a por él. Al parecer, nadie me perseguía. No podía entenderlo, la verdad. Miré por el espejo y vi a mi abogado meterse en el avión, sin señal de lucha... y luego pasé las puertas y salí al tráfico madrugador de Paradise Road.

Giré a la derecha en Russell, luego a la izquierda por Maryland Parkway... y, de pronto, me vi cruzando en cálido anonimato el campus de la Universidad de Las Vegas... no había tensión alguna en aquellos rostros. Me paré en un semáforo en rojo y por unos instantes me vi perdido en un súbito resplandor de carne que inundó el paso de peatones: esbeltos y vigorosos muslos, minifaldas rosas, jóvenes pezones en sazón, blusas sin mangas, largos mechones de pelo rubio, labios rosas, ojos azules... todos los signos de una cultura peligrosamente inocente.

Sentí la tentación de acercarme y empezar a mascullar proposiciones obscenas: «Eh, guapísima, ven, vamos a hacer locuras tú y yo. Sube a este Cadillac y larguémonos a mi suite del Flamingo, allí nos chutaremos un pelotazo de éter y nos comportaremos como animales salvajes en mi piscina en forma de riñón...»

Seguro que lo haríamos, pensé. Pero por entonces ya estaba fuera de allí, entrando por el carril de giro para desviarme a la izquierda en Flamingo Road. De vuelta al hotel, a hacer inventario. Tenía buenas razones para creer que se avecinaban problemas, que había abusado un poco de la suerte. Había violado todas las normas fundamentales de la vida en Las Vegas: había estafado a sus habitantes, había ofendido a los turistas, había aterrorizado al servicio.

Creía que la única esperanza que me quedaba ya era la posibilidad de que nos hubiésemos excedido tanto en nuestros números, que nadie en posición de bajar el martillo sobre nosotros pudiese llegar a *creérselo*. Sobre todo después de habernos inscrito en aquella conferencia de la policía. Cuando hagas algo en Las Vegas procura hacer algo gordo. No pierdas el tiempo con travesuras de poca monta, infracciones de tráfico o faltas. Hay que ir derecho a la yugular. Al delito, y a ser posible gordo.

La mentalidad de Las Vegas es tan groseramente atávica que un delito de mucha envergadura suele pasar desapercibido. Un

vecino mío se tiró hace poco una semana en la cárcel de Las Vegas por «vagancia». Tiene unos veinte años, pelo largo, cazadora
vaquera, mochila... un *vagabundo* claro, un Tipo de la Carretera
sin duda. Un sujeto totalmente inofensivo; se dedica únicamente a andar por el país buscando aquello que todos creíamos que
teníamos bien enganchado en los sesenta... una especie de viaje
Bob Zimmerman.

Yendo de Chicago a Los Ángeles, sintió curiosidad por Las
Vegas y decidió acercarse a echar un vistazo. Sólo quería cruzar
la ciudad, dar un paseo y ver el ambiente del Strip... sin prisas,
¿para qué apresurarse? Y estaba allí en una esquina, cerca del Circus-Circus, mirando la fuente multicolor, y paró un coche patrulla al lado.

Zas. De cabeza al talego. Ni llamada telefónica, ni abogado,
ni acusación.

–Me metieron en el coche y me llevaron a comisaría –conta-
ba–. Me metieron en un cuarto grande lleno de gente y me mandaron que me quitara toda la ropa antes de empapelarme. Yo de
pie frente a una mesa grande, de lo menos dos metros de altura,
con un poli sentado allí que me miraba desde allá arriba como
una especie de juez medieval.

»Aquello estaba lleno de gente. Había unos doce presos; y el
doble de policías. Y unas diez mujeres policías. Tenías que pasar
por medio del cuarto, luego sacar todo lo que llevaras en los bolsillos y colocarlo en la mesa y luego desnudarte... con todos mirando.

»Yo no tenía más que unos veinte pavos, y la multa por vagancia era de veinticinco, así que me colocaron en un banco con
la gente a la que iban a encerrar. Nadie me molestó. Era como
una cadena de montaje.

»Los dos tipos que iban inmediatamente después de mí eran
melenudos. Gente del ácido. También les habían cogido por vagancia. Pero cuando empezaron a vaciar los bolsillos quedaron
todos pasmados. Tenían entre los dos ciento treinta mil dólares,

casi todo en billetes grandes. Los polis no podían creerlo. Aquellos dos no paraban de sacar fajos y más fajos de billetes y echarlos en la mesa... los dos desnudos y encogidos allí, sin decir nada.

»Los polis perdieron el control al ver tanto dinero. Empezaron a cuchichear unos con otros; cojones, no había modo de empapelar a aquellos tíos por "vagancia". Así que les acusaron de "sospechosos de evasión de impuestos".

»Nos llevaron a todos a la cárcel, y aquellos dos tíos se volvían locos. Eran traficantes, claro, y tenían todo el material en el hotel... así que tenían que salir de allí antes de que los polis descubrieran dónde se alojaban.

»Le ofrecieron a uno de los guardianes cien billetes por salir y traerles al mejor abogado de la ciudad... al cabo de unos veinte minutos estaba allí, pidiendo a gritos *habeas corpus* y toda esa mierda... En fin, yo intenté hablar con él, pero el tipo tenía una cabeza unidimensional. Le dije que podía pagar una fianza e incluso pagarle algo a él si me dejaban llamar a mi padre a Chicago, pero él estaba demasiado ocupado intentando sacar a aquellos otros tíos.

»Al cabo de unas dos horas volvió con un guardia y dijo: "Vamos." Y se fueron. Uno de los tíos me había dicho, mientras esperaban, que aquello les iba a costar treinta mil dólares... y supongo que así fue, pero, ¡qué demonios! Era barato comparado con lo que les habría pasado si no consiguen salir.

»Al final me dejaron mandarle un telegrama a mi viejo que me mandó un giro de ciento veinticinco dólares... pero la cosa duró siete u ocho días. No estoy seguro del tiempo exacto que estuve allí, porque no había ventanas y nos daban de comer cada doce horas... Cuando no puedes ver el sol pierdes la noción del tiempo.

»Tenían setenta y cinco tíos en cada celda... eran locales grandes con una taza de váter en el centro. Te daban un jergón cuando entrabas y dormías donde querías. El tío que me tocó al lado llevaba treinta años metido allí por asaltar una gasolinera.

»Cuando por fin salí, el poli de la mesa cogió otros veinticinco dólares de lo que me había mandado mi padre, además de lo que yo debía de multa que me habían puesto por vagancia. ¿Qué podía decir yo? El tío los agarró sin más. Luego me dio los setenta y cinco restantes y dijo que había un taxi esperándome fuera para llevarme al aeropuerto. Y cuando entré en el taxi, el conductor me dijo: "'No hacemos paradas, amigo. Y le aconsejo que no se *mueva* hasta que lleguemos al aeropuerto."

»No moví ni un músculo. Me habría pegado un tiro. Estoy seguro. Fui directamente al avión y no dije una palabra a nadie hasta que supe que estábamos fuera de Nevada. Amigo, es un sitio al que yo *nunca* volveré.

11. ¿FRAUDE? ¿ROBO? ¿VIOLACIÓN...? UNA CONEXION BRUTAL CON LA ALICIA DEL SERVICIO DE ROPA BLANCA

Estaba yo cavilando sobre esta historia cuando entraba con la Ballena Blanca en el aparcamiento del Flamingo. Cincuenta pavos y una semana en la cárcel sólo por estar en una esquina y actuar de un modo raro... ¿qué clase de increíbles penas, Dios mío, escupirían sobre *mí*? Repasé las diversas acusaciones... pero, en esencia, en puro lenguaje legal, no parecían tan graves.

¿Violación? Eso sin duda podríamos eliminarlo. Yo jamás había deseado a aquella condenada chica, y desde luego no le había puesto una mano encima siquiera. ¿Fraude? ¿Robo? Siempre podía proponer un «arreglo». Pagar. Decir que me había enviado allí el *Sports Illustrated* y arrastrar luego a los abogados de Time, Inc., a un pleito de pesadilla. Tenerles liados durante años con una ventisca de autos y apelaciones. Atacarles en lugares como Juneau y Houston, luego hacer constantes solicitudes de traslado de jurisdicción, pasar a Quito. Nome, Aruba... mantener la cosa en movimiento, hacerles correr un círculo, obligarles a entrar en conflicto con el departamento de contabilidad, etc...

NÓMINA DE GASTOS POR ABNER H. DODGE, CONSEJERO JEFE
Asunto: 44.066,12 dólares... Gastos especiales, a saber: perseguimos al acusado, R. Duke, por todo el hemisferio occidental y conseguimos hacerle comparecer por fin a juicio en un pueblo de

la costa norte de una isla llamada Culebra, en el mar Caribe, donde sus abogados obtuvieron un laudo según el cual todos los trámites posteriores deberían diligenciarse en lengua de la tribu caribe. Enviamos tres hombres a Berlitz para que aprendiesen dicho idioma, pero diecinueve horas antes de la fecha prevista para que se iniciase el proceso, el acusado huyó a Colombia, donde estableció su residencia en un pueblo pesquero llamado Guajira, cerca de la frontera venezolana, donde el idioma oficial de la jurisprudencia es un oscuro dialecto llamado «guajiro». Después de varios meses, conseguimos trasladar el expediente allí, pero entonces el acusado había pasado a residir en un pueblo prácticamente inaccesible de las fuentes del Amazonas, donde estableció poderosas conexiones con una tribu de cazadores de cabezas llamados «jíbaros». Se envío río arriba a nuestro corresponsal en Manaos, para localizar y contratar a un abogado nativo que supiese jíbaro, pero la búsqueda se ha visto obstaculizada por graves problemas de comunicación. Nuestra oficina de Río manifiesta su grave preocupación por la posibilidad de que la viuda del mencionado corresponsal en Manaos acabase obteniendo una sentencia ruinosa (debido a la parcialidad de los tribunales locales) que ningún jurado de nuestro país consideraría en modo alguno ni razonable ni saludable siquiera.

Desde luego. Pero, ¿qué es sano o saludable? Sobre todo aquí en «nuestro propio país»... en la desdichada era de Nixon. Todos estamos ya conectados a un viaje de *supervivencia*. Se acabó la *velocidad* que alimentó los sesenta. Los estimulantes se han pasado de moda. Ése fue el fallo fatal del viaje de Tim Leary. Anduvo por toda Norteamérica vendiendo «expansión de la conciencia» sin dedicar ni un solo pensamiento a las crudas realidades carne/gancho que estaban esperando a todos los que le tomaron demasiado en serio. Después de West Point y del Sacerdocio, el LSD debió parecerle muy razonable... pero no produce gran satisfacción saber que él mismo se preparó su propia ruina, porque arrastró consigo al pozo a muchos otros, a demasiados.

No es que no se lo merecieran: recibieron todos sin duda lo que se merecían. Todos aquellos fanáticos del ácido patéticamente ansiosos que creían poder comprar Paz y Entendimiento a tres billetes la dosis. Pero su fracaso es también nuestro. Lo que Leary hundió con él fue la ilusión básica de un estilo de vida total que él ayudó a crear... quedando una generación de lisiados permanentes, de buscadores fallidos, que nunca comprendió la vieja falacia mística básica de la cultura del ácido: el desesperado supuesto de que alguien (o al menos alguna *fuerza*) se ocupa de sostener esa Luz allá al final del túnel.

Es la misma mierda cruel y paradójicamente benevolente que ha mantenido en pie tantos siglos a la Iglesia Católica. Es también la ética militar... una fe ciega en una «autoridad» más sabia y superior. El Papa, El General, El Primer Ministro... y así sucesivamente hasta... Dios.

Uno de los momentos cruciales de los años sesenta fue cuando los Beatles unieron su suerte a la del Maharishi. Como Dylan yendo al Vaticano a besar el anillo del Papa.

Primero los «gurús». Luego, cuando eso no funcionó, vuelta a Jesús. Y ahora, siguiendo la pista instinto-primitiva, toda una nueva ola de dioses de comuna tipo clan como Mel Lyman, regidor de Avatar, y Cómo Se Llama quien dirige «Espíritu y Carne».

Sonny Barger nunca llegó a darse cuenta del todo, pero anduvo muy cerca de convertirse en un rey del infierno. Los Ángeles del Infierno jodieron el asunto en 1965 en la zona Oakland-Berkeley, cuando dieron salida a los instintos reaccionarios y hamponescos de Barger y atacaron una manifestación antibelicista. Esto planteó un cisma histórico en la entonces Creciente Marea del Movimiento Juvenil de los años sesenta. Fue la primera ruptura abierta entre los *Greasers* y los Melenudos. Y la importancia de esta ruptura puede verse en la historia de los SDS, que al final se destruyeron a sí mismos como organización, en la tentativa, condenada de antemano al fracaso, de conciliar los intereses de los tipos de clase baja trabajadora, los motoristas marginados y los activistas estudiantiles de clase alta y clase media de Berkeley.

Quizá nadie que estuviera inmerso en este ambiente podría haber previsto las implicaciones del fracaso Ginsberg/Kesey, que no lograron convencer a los Ángeles del Infierno para que se unieran a la izquierda radical de Berkeley. La escisión final llegó en Altamont cuatro años después, pero por entonces hacía mucho que estaba clara la cosa para todos, salvo para un puñado de drogotas de la industria del rock y para la prensa nacional. La orgía de violencia de Altamont no hizo más que *dramatizar* el problema. Las realidades estaban ya fijadas; se consideraba la enfermedad mortal e incurable, y las energías de El Movimiento hacía mucho que se habían disipado agresivamente en la lucha por la autoconservación.

Ay; este terrible galimatías. Desagradables recuerdos y malas analepsis, alzándose a través del tiempo niebla de la calle Stawan... no hay solaz para los refugiados, no tiene objeto mirar atrás. La cuestión, como siempre, es *ahora...*

Pues bien, estaba yo tumbado en mi cama del Flamingo, y me sentía de pronto peligrosamente desfasado en mi entorno. Estaba a punto de suceder algo desagradable, de eso estaba seguro. La habitación parecía el escenario de algún desastroso experimento zoológico que hubiese incluido whisky y gorilas. El espejo de más de tres metros estaba todo roto, pero seguía colgando allí sin desmoronarse todavía... desagradable prueba de aquella tarde en que mi abogado perdió el control y se lanzó con el martillo de partir cocos a destrozar el espejo y todas las bombillas.

Las luces las habíamos repuesto con un paquete de luces de árbol de Navidad rojas y azules que compramos en Safeway, pero no había posibilidad de sustituir el espejo. La cama de mi abogado parecía un nido de ratas calcinado. El fuego había consumido la mitad de arriba, y el resto era una masa de alambre y material carbonizado. Por suerte, las camareras no se habían acercado a la habitación desde aquel horrible enfrentamiento del martes.

Yo estaba dormido cuando entró la camarera aquella mañana. Nos habíamos olvidado de colgar el letrero de «No molesten...» así que entró en la habitación y se quedó mirando a mi abogado, que estaba arrodillado en pelotas, vomitando en el armario, encima de los zapatos... creyendo que en realidad estaba en el cuarto de baño. Y de pronto alzó la vista y vio a aquella mujer con una cara como Mickey Rooney mirándole, incapaz de hablar, temblando de miedo y desconcierto.

«Tenía aquella fregona en la mano como si fuera un mango de un hacha», diría él más tarde. «Así que salí del armario en una especie de carrera en cuclillas, dejé de vomitar y la agarré por las piernas... fue por instinto; pensé que se disponía a matarme... y entonces, cuando se puso a gritar, fue cuando le metí la bolsa de hielo en la boca.»

Sí, yo recordaba aquel grito... uno de los sonidos más aterradores que he oído en mi vida. Desperté y vi a mi abogado debatiéndose desesperadamente en el suelo junto a mi cama con lo que parecía ser una *mujer vieja...* La habitación estaba llena de potentes ruidos eléctricos. El televisor silbaba a plena potencia en un canal inexistente. Apenas podía oír los gritos apagados de la mujer que se debatía por quitarse la bolsa de hielo de la cara... pero poca resistencia podía ofrecer a la fuerza desnuda de mi abogado, y éste logró al fin arrinconarla detrás de la tele, apretándole el cuello con las manos mientras ella balbucía lastimera:

—Por favor... por favor... soy la camarera, no quiero hacer nada...

Me levanté enseguida, agarré la cartera y empecé a agitarle delante de la cara la placa de prensa que yo tenía de la asociación de amigos de la policía.

–¡Queda usted detenida! –grité.

–¡No! –gimió ella–. ¡Yo sólo quería limpiar!

Mi abogado se irguió, respirando laboriosamente.

–Ha debido usar una llave maestra –dijo–. Yo estaba limpiándome los zapatos en el armario y la vi que se colaba... así que la *enganché.*

A mi abogado le temblaba un hilo de vómito en la barbilla, y advertí enseguida que se hacía cargo de la gravedad del caso. En esta ocasión, nuestra conducta había excedido con mucho los límites de la extravagancia privada. Allí estábamos, desnudos los dos, con aquella aterrada vieja (una *empleada* del hotel) tumbada en el suelo de nuestra suite en un paroxismo de miedo y de histeria. Tendríamos que resolver aquello de algún modo.

–¿Quién le mandó hacer esto? –le pregunté–. ¿Quién le pagó?

–¡Nadie! –gimió ella–. ¡Soy la camarera!

–¡Está mintiendo! –gritó mi abogado–. ¡Buscaba pruebas! ¿Quién la metió en esto? ¿El encargado?

–Trabajo para el *hotel* –dijo ella–. Lo único que hago es limpiar las habitaciones.

Me volví a mi abogado.

–Esto significa que saben lo que *tenemos* –dije–. Por eso mandaron aquí a esta pobre vieja a robarlo.

–¡No! –gritó ella–. ¡Yo no sé de qué hablan!

–¡Cuentos! –dijo mi abogado–. Está usted complicada en esto lo mismo que ellos.

–¿Complicada en qué?

–En el tráfico de drogas –dije yo–. Usted *tiene* que saber lo que está pasando en este hotel. ¿Por qué cree que estamos aquí nosotros?

Nos miró fijamente, e intentó hablar, pero sólo balbucía.

188

–*Sé* que son ustedes policías –dijo al fin–. Creí que estaban aquí sólo para esa convención. ¡Lo *juro!* Yo sólo quería limpiar la habitación. ¡No sé nada de *tráfico de drogas!*

Mi abogado se echó a reír.

–Vamos, nena. ¿No intentarás convencernos de que no has oído hablar de Grange Gorman?

–¡No! –gritó ella–. ¡No! ¡Le juro por Dios que nunca he oído hablar de eso!

Mi abogado pareció pensarlo un momento y luego se agachó para ayudarla a levantarse.

–Puede que esté diciendo la verdad –me dijo–. Quizá no forme parte del asunto.

–¡Claro que no! ¡Les juro que yo no! –aulló ella.

–Bueno... –dije–. En ese caso, quizá no tengamos que eliminarla... a lo mejor hasta puede *ayudar.*

–¡Sí! –dijo la mujer muy animosa–. ¡Les ayudaré en lo que sea! ¡Detesto la droga!

–También nosotros, señora –dije yo.

–Creo que podríamos ponerla en nómina –dijo mi abogado–. Podemos comprobar si tiene antecedentes y luego asignarle uno de los grandes al mes, en fin, dependerá de lo que aporte.

La expresión de la vieja había cambiado nuevamente. No parecía ya nerviosa por el hecho de verse charlando con dos hombres desnudos, uno de los cuales había intentado estrangularla hacía unos minutos.

–¿Cree usted que podrá hacerlo? –le pregunté.

–¿Qué?

–Una llamada telefónica diaria –dijo mi abogado–. Sólo tendrá que decirnos lo que ha visto.

Luego le dio una palmadita en el hombro y añadió:

–Aunque parezca no tener sentido, no se preocupe. Eso es problema nuestro.

La mujer sonrió.

–¿Y me pagarán ustedes por eso?

—Puede estar segura –dije–. Pero como diga usted algo de esto a *alguien*... irá derecha a la cárcel para el resto de su vida.

—Ayudaré en lo que pueda –dijo–. Pero, ¿a quién tengo que llamar?

—No se preocupe por eso –dijo mi abogado–. ¿Cómo se llama usted?

—Alicia –dijo ella–. Sólo tiene que llamar al Servicio de Ropa Blanca y preguntar por Alicia.

—Ya se establecerá contacto con usted –dije yo–. De aquí a una semana. Pero entretanto, tenga los ojos bien abiertos y procure actuar de modo normal. ¿Cree que podrá hacerlo?

—¡Oh, sí, claro! –dijo–. ¿Y volveré a verles a ustedes?

Sonrió bovinamente y añadió:

—Quiero decir, después de *esto*...

—No –dijo mi abogado–. Nos mandaron aquí de Carson City. Con usted contactará el inspector Rock. Arthur Rock. Se hará pasar por un político, pero no tendrá ningún problema para reconocerle.

Parecía algo nerviosa.

—¿Qué pasa? –dije–. ¿Hay algo que no nos ha *dicho?*

—¡Oh, no! –dijo enseguida–. Sólo quería saber... quién va a pagarme...

—De eso ya se encargará el inspector Rock –dije–. Se lo pagará en metálico: mil dólares los días nueve de cada mes.

—¡Oh, Dios mío! –exclamó–. ¡Por eso haría yo cualquier cosa!

—Usted y muchísima gente –dijo mi abogado–. Se llevaría una sorpresa si supiese a quién tenemos en nómina... aquí en este mismo hotel.

Pareció muy sorprendida.

—¿Gente que yo conozco?

—Seguramente –dije–. Pero actúan de modo encubierto. Sólo los conocerá si sucede algo realmente grave y alguno de ellos tiene que ponerse en contacto con usted en público, con la contraseña.

–¿Cuál es la contraseña? –preguntó.

–«Una Mano Lava la Otra» –dije–. En cuanto oiga usted eso, ha de decir: «No Temo Nada.» Entonces la identificarán.

Asintió, repitiendo varias veces la contraseña, mientras escuchábamos para cerciorarnos de que lo hacía bien.

–Bueno –dijo mi abogado–. Eso es todo por ahora. Lo más probable es que no volvamos a vernos hasta que caiga el martillo. Y será mejor que nos ignore hasta que nos vayamos. No se moleste en hacer la habitación. Basta con que deje las toallas y el jabón a la puerta exactamente a medianoche.

Luego sonrió y añadió:

–Así que tendremos que arriesgarnos a que suceda otro de estos pequeños incidentes, ¿entendido?

Ella se fue hacia la puerta.

–Lo que ustedes digan, señores. No saben cuánto siento lo ocurrido... pero claro, yo no *sabía.*

Mi abogado la acompañó hasta la puerta.

–Entendido –dijo amablemente–. Pero ya se acabó. A Dios gracias para la gente *honrada.*

La camarera sonrió mientras cerraba la puerta.

12. VUELTA AL CIRCUS-CIRCUS... BUSCANDO EL MONO... AL DIABLO EL SUEÑO AMERICANO

Habían pasado casi setenta y dos horas desde aquel extraño incidente, y no había vuelto a poner los pies en la habitación ninguna empleada. Me pregunté qué les habría dicho Alicia. La habíamos visto una vez, arrastrando un carro de la lavandería por la zona de aparcamiento, mientras nosotros salíamos en la Ballena, pero no dimos señal alguna de reconocimiento y ella pareció entender.

Pero aquello no podía prolongase mucho más. La habitación estaba llena de toallas usadas, colgaban por todas partes. El suelo del cuarto de baño tenía unos quince centímetros de pastillas de jabón, vómito y mondas de pomelo, todo mezclado con cristales rotos. Cada vez que entraba allí a mear, tenía que ponerme las botas. La lanilla de la moteada alfombra gris estaba tan llena de semillas de marihuana que parecía haberse vuelto verde.

El ambiente de callejón de borrachos de la habitación resultaba tan terrible, tan increíblemente disparatado, que pensé que probablemente podría convencerles de que era una especie de «muestra en vivo» que habíamos traído de Haight Street, para mostrar a los polis de otras partes del país lo profundamente que podía hundirse en la basura y la degeneración de la gente de la droga si se la dejaba a sus propios instintos.

Pero, ¿qué clase de adicto necesitaría todas aquellas cáscaras de coco y aquellas mondas de pomelo aplastadas? ¿Explicaría la presencia de yonquis todas aquellas patatas fritas? ¿Y aquellos charcos de salsa de tomate cristalizada sobre la mesa?

Quizá sí. Pero, ¿y todo aquel alcohol? ¿Y aquellas groseras fotos pornográficas, arrancadas de revistas como *Putas de Suecia* y *Orgías en la Casbah*, pegadas sobre el espejo roto con chafarrinones de mostaza que se habían secado convirtiéndose en una dura costra amarillenta...? Y todos aquellos signos de violencia y aquellas extrañas bombillas rojas y azules y aquellos fragmentos de cristal roto embutidos en el yeso de la pared...

No, aquéllas no eran las huellas de un yonqui normal y temeroso de Dios. Era demasiado salvaje, demasiado agresivo. En aquella habitación había pruebas de consumo excesivo de casi todos los tipos de droga conocidos por el hombre civilizado desde el año 1544 d.C. Aquello sólo podía explicarse como un *montaje*, una especie de exposición médica exagerada, organizada meticulosamente para mostrar lo que podía suceder si veinte peligrosos drogadictos (cada uno de ellos con una adicción *distinta)* fuesen estabulados juntos en la misma habitación cinco días con sus noches, sin descanso.

Sí, desde luego. Pero, claro está, eso jamás sucedería en la Vida Real, caballeros. Sólo organizamos esto con el objetivo de hacer una *demostración...*

De pronto sonó el teléfono, arrancándome de mi estupor imaginativo. Lo miré... Rinnnngggg... Dios mío, ¿ahora qué? ¿Será ya? Casi pude oír la áspera voz del Director, señor Heem, diciendo que la policía se dirigía a mi habitación y que, por favor, no disparase contra la puerta cuando comenzaron a echarla abajo a patadas. Riiinngg... No, no llamarían primero. En cuanto decidiesen echarme el guante, seguramente montarían la emboscada en el ascensor: primero Mace, luego se echarían en masa sobre mí. Lo harían sin previo aviso.

Así que cogí el teléfono. Era mi amigo Bruce Innes, que me llamaba desde el Circus-Circus. Había localizado al hombre que quería vender el mono que yo había andado buscando. El precio era de setecientos cincuenta dólares.

–¿Pero con quién diablos estás tratando tú? –dije–. Anoche eran cuatrocientos.

–Dice que es que acaba de descubrir que está muy bien enseñado –dijo Bruce–. Anoche le dejó dormir en el remolque y el bicho se cagó en la ducha.

–Eso no significa nada –dije–. A los monos les atrae el agua. La próxima vez se cagará en el fregadero.

–Quizá sería mejor que vinieras hasta aquí a discutir con este tío –dijo Bruce–. Está aquí conmigo en el bar. Le dije que querías el mono y que podías proporcionarle un buen hogar. Creo que negociará. Está realmente encariñado con ese bicho asqueroso. Está aquí en el bar con nosotros, sentado en un taburete, el muy cabrón, babeando sobre una jarra de cerveza.

–Bueno, vale –dije–. Tardaré diez minutos. No dejes que ese cabrón se emborrache. Quiero conocerle en su estado normal.

Cuando llegué al Circus-Circus estaban metiendo a un viejo en una ambulancia, allí a la entrada.

–¿Qué pasó? –le pregunté al encargado de los coches.

–No estoy seguro –dijo–. Dicen que le dio un ataque. Pero he visto que le han arrancado toda la parte de atrás de la cabeza.

Se deslizó en el interior de la Ballena y me entregó un comprobante.

–¿Quiere que le guarde la bebida? –preguntó, alzando un gran vaso de tequila que estaba en el asiento del coche–. Si quiere puedo guardarla en la nevera.

Le dije que sí. Aquella gente se había familiarizado con mis hábitos. Había estado tantas veces allí, con Bruce y los otros de la banda, que los encargados de los coches sabían mi nombre... aunque yo jamás me había presentado, y nadie me lo había preguntado. Supongo simplemente que aquello formaba parte del asunto, y que habrían estado hurgando en la guantera y habrían encontrado algún cuaderno con mi nombre.

La verdadera razón, en la que no caí por entonces, era que aún llevaba mi tarjeta de identificación de la Conferencia de Fiscales de Distrito. Colgaba del bolsillo de mi cazadora multicolor, pero hacía tiempo que me había olvidado de ella. Suponían sin duda que era una especie de superagente especial de incógnito... o quizá no; quizás estuviesen siguiéndome la corriente porque imaginaban que un tipo tan loco como para hacerse pasar por policía mientras andaba por Las Vegas en un descapotable Cadillac blanco con un vaso en la mano sin duda tenía que ser un fuera de serie, incluso quizá peligroso. En un ambiente en el que nadie con cierta ambición es realmente lo que parece ser, no se corre mucho riesgo actuando como un freak rey del infierno. Los supervisores debían hacerse señas significativas y murmurar sobre «esos jodidos tipos sin clase».

La otra cara de la moneda es el síndrome «¡Maldita sea! ¿Quién es ése?» Esto suele pasar con porteros, conserjes y encargados que suponen que todo el que actúa como un chiflado, pero da grandes propinas, *tiene que ser* importante, lo cual significa que hay que seguirle la corriente, o por lo menos tratarle con cordialidad.

Pero nada de esto importa mucho con la cabeza llena de mescalina. Simplemente andas por allí, haciendo lo que te parece correcto, que normalmente lo es. Las Vegas está tan lleno de freaks naturales (gente verdaderamente pasada) que en realidad las drogas no son un problema, salvo para los polis y para el sindicato de la heroína. Los psicodélicos resultan casi intrascendentes en una gran ciudad en la que puedes entrar en un casino a cualquier hora del día o de la noche y presenciar la crucifixión de un gorila... en una llameante cruz de neón que se convierte de pronto en una rueda giratoria, haciendo rodar al animal en disparatados círculos sobre las atestadas mesas de juego.

Encontré a Bruce en el bar, pero no había rastro del mono.

–¿Dónde está el bicho? –pregunté–. Estoy dispuesto a firmar un cheque. Quiero llevarme a casa en el avión a ese maldito cabrón. Ya he reservado dos billetes de primera, para R. Duke e Hijo.

–¿Quieres llevarlo en avión?

–Hombre, pues claro –dije–. ¿Crees que me dirán algo? ¿Crees que van a llamarme la atención por los defectos de mi hijo?

Se encogió de hombros.

–Olvídalo –dijo–. Acaban de llevárselo. Atacó a un viejo aquí mismo en el bar. El muy gilipollas empezó a chillarle al encargado del bar por «permitir entrar aquí a esa chusma descalza» y en ese momento, el mono lanzó un grito... y el viejo le tiró la cerveza, y el mono se puso loco, saltó del asiento como el muñeco de una caja de sorpresa y le arrancó de un mordisco un trozo de nuca... el tío del bar tuvo que llamar a una ambulancia y luego vinieron los polis y se llevaron al mono.

–Maldita sea –dije–. ¿Cuánto es la fianza? *Quiero* ese mono.

–Contrólate –dijo él–. Será mejor que no te acerques a la cárcel. Es lo que necesitan para poder empapelarte. Olvídate de ese mono. No lo necesitas para nada.

Pensé un poco en el asunto, y decidí que era probable que tuviera razón. No tenía ningún sentido estropearlo todo por un mono violento al que ni siquiera había llegado a conocer. En realidad, probablemente me arrancase media cabeza de un mordisco si intentaba sacarle bajo fianza. Tardaría un tiempo en calmarse después del choque de verse entre rejas, y yo no podía permitirme esperar.

–¿Cuándo te vas? –preguntó Bruce.

–Lo antes posible –dije–. No tiene sentido que siga más en esta ciudad. Tengo todo lo que necesito. Cualquier otra cosa sólo serviría para confundir.

Pareció sorprenderse.

–¿*Encontraste* el Sueño Americano? ¿En *esta* ciudad?

Asentí.

–En este momento estamos sentados exactamente en el nervio principal –dije–. ¿Recuerdas aquella historia que nos contó el encargado sobre el propietario de este local? ¿Lo de que siempre había querido escaparse y entrar en un circo, de chaval?

Bruce pidió otras dos cervezas. Contempló un momento el casino y luego se encogió de hombros.

—Sí, entiendo lo que quieres decir —dijo—. Ahora el cabrón tiene su propio circo y un permiso para robar, además.

Luego cabeceó y dijo:

—Tienes razón... él es el modelo.

—Perfecto —dije yo—. Puro Horatio Alger, toda su actitud. Quise tener una charla con él, pero una pomposa lesbiana que decía ser su secretaria ejecutiva, me mandó a la mierda. Según ella, la prensa es lo que el tipo más odia de todo el país.

—Él y Spiro Agnew —murmuró Bruce.

—Tienes razón, los dos —dije—. Intenté explicarle a aquella tía que yo estaba de acuerdo con todo lo que representaba él, pero me dijo que si sabía lo que me convenía lo mejor era que me largara de la ciudad y no *pensara* siquiera en molestar al Jefe. «Odia de veras a los periodistas», me dijo. «Y no quiero que esto parezca una amenaza, pero si yo fuese usted, lo consideraría...»

Bruce asintió. El Jefe estaba pagándole mil pavos semanales por dos actuaciones cada noche en el Leopard Lounge, y otros dos grandes para el grupo. Lo único que se les pedía era que hiciesen muchísimo ruido durante dos horas todas las noches. Al Jefe le importaba un pito las canciones que cantaran. Con tal de que el ritmo fuese fuerte y los amplis aullasen lo bastante para atraer a la gente al bar.

Resultaba muy raro estar sentado allí en Las Vegas y oír cantar a Bruce cosas fuertes como «Chicago» y «Country Song». Si la dirección se hubiese molestado en escuchar la letra, habrían embreado y emplumado a toda la banda.

Varios meses después, en Aspen, Bruce cantó las mismas canciones en un club lleno de turistas y un antiguo astronauta...[1] y

1. Se suprime el nombre a instancias del abogado del editor.

cuando terminó la última pieza el astronauta se acercó a nuestra mesa y empezó a aullar toda clase de beodas chorradas superpatrióticas, espetándole a Bruce:

—¿Cómo es que un maldito canadiense tiene el descaro de venir aquí a insultar a este país?

—Oiga, amigo —dije yo—. Soy *norteamericano,* sabe. Vivo aquí, y estoy de acuerdo con todo lo que él dice.

En ese momento aparecieron los apagabroncas, sonriendo inescrutables y dijeron:

—Buenas noches, caballeros. El *I Chin* dice que es hora de tranquilidad, ¿entendido? Y en este local no se molesta a los músicos. ¿Está claro?

El astronauta se fue, mascullando sombríamente que iba a utilizar su influencia para «que se haga algo rápidamente», con los estatutos de inmigración.

—¿Cómo se llama usted? —me preguntó, mientras los apagabroncas se lo llevaban.

—Bob Zimmerman —dije—. Y lo que más odio en este mundo, es un maldito cabezón polaco.

—¿Me toma por un *polaco?* —chilló—. ¡Vagabundo de mierda! ¡Son todos basura! Usted no *representa* a este país.

—Ojalá no lo represente usted tampoco —murmuró Bruce. El astronauta aún seguía bufando mientras lo arrastraban a la calle.

La noche siguiente, en otro restaurante, el astronauta estaba llenándose el buche, sobrio perdido, y se acercó un chaval de unos catorce años a la mesa a pedirle un autógrafo. El astronauta se hizo el tímido un momento, fingiendo embarazo, y luego garrapateó su firma en el pedacito de papel, que le entregó el muchacho. El chaval lo miró un momento, luego lo rompió en cachitos y los dejó caer sobre el regazo del astronauta.

—No todo el mundo te quiere, amigo —dijo.

Luego se dio la vuelta y se sentó en su mesa, a unos dos metros de distancia.

El grupo del astronauta se quedó mudo. Eran ocho o diez

personas. Esposas, ejecutivos e ingenieros importantes, que querían enseñarle al astronauta lo que era una noche de juerga en el fabuloso Aspen. Y de pronto, parecía como si alguien acabase de rociar su mesa con una neblina de mierda. No decían ni palabra.

Terminaron rápidamente de cenar y se fueron sin dejar propina.

Esto en cuanto a Aspen y a los astronautas. El tipo de esta historia no habría tenido esos problemas en Las Vegas.

Una ración pequeña de esta ciudad da para mucho tiempo. Después de cinco días en Las Vegas, tienes la sensación de llevar cinco años. Algunos dicen que les gusta... pero también hay a quien le gusta Nixon. Sería un alcalde perfecto para esta ciudad. Con John Mitchell de sheriff y Agnew de director de alcantarillas.

13. EL FINAL DEL CAMINO... LA MUERTE DE LA BALLENA... SUDANDO A MARES EN EL AEROPUERTO

Cuando intenté sentarme en la mesa de bacará, los apaga-broncas me echaron mano.

—Éste no es sitio para ti —dijo tranquilamente uno de ellos—. Lárgate.

—¿Por qué?

Me llevaron hasta la entrada principal y pidieron que me trajeran la Ballena.

—¿Qué es de tu amigo? —me preguntaron, mientras esperábamos.

—¿Qué amigo?

—Ese hispano grandón.

—Oye —dije—. Soy doctor en periodismo. Nunca me veríais por aquí con un hispano de mierda.

Se echaron a reír.

—¿Y *esto* qué? —dijeron, y me plantaron delante una gran foto en la que aparecíamos mi abogado y yo sentados en una mesa del bar flotante.

Me encogí de hombros.

—Ése no soy yo —dije—. Ése es un tío que se llama Thompson, que trabaja para *Rolling Stone*... un mal bicho, un chiflado. Y el que está sentado con él es un pistolero de la mafia de Hollywood. Demonios, ¿es que no habéis *estudiado* la foto? ¿Qué clase de loco andaría por Las Vegas llevando *un guante negro*?

—Ya nos dimos cuenta de eso —dijeron—. ¿Dónde está ahora?

Me encogí de hombros.

—Se mueve muy rápido —dije—. Recibía órdenes de San Luis.

Me miraron fijamente.

—¿Cómo sabes *tú* todo eso?

Les mostré mi placa dorada de la asociación de amigos de la policía, con un movimiento rápido, dando la espalda al público.

—Actuad con naturalidad —murmuré—. No me comprometáis.

Aún seguían mirando cuando me alejé en la Ballena. El tipo trajo el coche en el momento justo. Le di un billete de cinco dólares y salí de allí con un elegante rechinar de neumáticos.

Todo había terminado. Fui hasta el Flamingo y cargué en el coche todo el equipaje. Intenté subir la capota, para mayor intimidad, pero no sé qué le pasaba al motor. La luz del generador llevaba encendida, con un feroz brillo rojo, desde que había metido aquel trasto en el Lago Mead para una prueba de agua. Un rápido vistazo al cuadro de mandos me indicó que los circuitos del coche estaban totalmente jodidos. No funcionaba nada. Ni siquiera los faros... y cuando conecté el acondicionador de aire, oí una desagradable explosión debajo del capó.

La capota se había quedado atascada a mitad de camino, pero decidí ir hasta el aeropuerto. Si aquel maldito trasto no funcionaba bien, siempre podía abandonarlo y coger un taxi. A la mierda aquella basura de Detroit. No deberían permitirles hacer trastos así.

Salía el sol cuando llegué al aeropuerto. Dejé la Ballena en el aparcamiento VIP. Un chaval de unos quince años lo recogió, pero me negué a contestar a sus preguntas. Estaba muy excitado por el estado general del vehículo.

—¡Santo Dios! —gritaba—. ¿Cómo pudo pasar *esto?*

No hacía más que ir de un lado a otro del coche, señalando las diversas abolladuras, rascadas y desconchones.

—Ya sé, ya sé —dije—. Me lo han dejado hecho una mierda. Es una ciudad jodida para andar con descapotables. Lo peor fue ahí en el boulevard, frente al Sahara. ¿Sabes esa esquina donde se reúnen todos los yonquis? Dios mío, fue algo increíble cuando se volvieron todos locos a la vez.

No era un chaval demasiado inteligente. Se puso pálido enseguida y luego pasó a un estado de mudo terror.

–Pero no hay por qué preocuparse, hombre –dije–. Estoy asegurado.

Le enseñé el contrato indicándole la cláusula en letra pequeña donde decía que estaba asegurado *a todo riesgo* por sólo dos dólares al día.

El chaval aún seguía gesticulando cuando me largué. Me sentía un poco culpable por dejarle a él el problema del coche. No había manera de explicar aquel deterioro generalizado. El coche estaba acabado, era una ruina, una mierda absoluta. En circunstancias normales, me habrían agarrado y detenido al intentar devolverlo... pero no a aquellas horas de la mañana en que sólo estaba allí aquel chaval. Además, después de todo yo era un VIP. De otro modo, jamás me hubiesen alquilado aquel coche, ya para empezar...

Los pollitos vuelven al nido, pensé, mientras me metía rápidamente en el aeropuerto. Aún era demasiado temprano para actuar normalmente, así que me espatarré en la cafetería detrás del *Los Angeles Times*. Al fondo del pasillo, una máquina de discos tocaba «One toke over the line». Escuché un momento, pero mis terminales nerviosas ya no eran receptivas. La única canción con la que podría haber conseguido relacionarme en aquel momento era «Mister Tambourine Man». O quizá «Memphis Blues Again»...

«*¿Auuu, mama... puede realmente... ser esto el final...?*»

Mi avión salía a las ocho, lo que significaba que tenía que matar dos horas. Me parecía imposible pasar inadvertido, y no me cabía la menor duda de que me estaban buscando; la red se cerraba... era sólo cuestión de tiempo el que se lanzasen sobre mí como si fuese una especie de animal rabioso.

Consigné todo mi equipaje. Todo menos la bolsa de cuero, que estaba llena de drogas. Y el 357. ¿Tendrían en aquel aeropuerto el maldito sistema de detección de metales? Me acerqué a la puerta de acceso a las pistas procurando aparentar indiferencia mientras examinaba la zona para localizar cajas negras. No había ninguna visible. Decidí correr el riesgo: me lancé a cruzar la puerta con una gran sonrisa en la cara, murmurando distraídamente sobre «una terrible baja en el mercado de quincallería»...

Sólo otro vendedor fracasado más pasando por consigna. La culpa de todo la tiene el cabrón de Nixon, no hay duda. Decidí que parecería todo mucho más natural si encontraba alguien con quien charlar... una charla normal entre pasajeros:

–¿Qué tal, amigo? Supongo que debe de estar preguntándose usted por qué sudo tanto. ¡Sí! En fin, qué demonios, amigo... ¿Ha leído los periódicos hoy...? ¡Es increíble lo que han hecho esos cabrones *esta* vez!

Pensé que eso serviría... pero no pude encontrar a nadie que pareciese lo bastante seguro para hablar con él. Todo el aeropuerto estaba lleno de gente que parecía capaz de lanzarse a por mi costilla flotante si hacía un movimiento en falso. La verdad es que me sentía medio paranoico... como una especie de criminal chupacráneos huyendo de Scotland Yard.

Mirase a donde mirase, no veía más que Cerdos. Porque aquella mañana, el aeropuerto de Las Vegas *estaba* lleno de polis. El éxodo masivo después de la Conferencia de Fiscales de Distrito. Cuando caí en la cuenta, me sentí mucho más tranquilo respecto a la salud de mi propio cerebro...

TODO PARECE PREPARADO
¿Estás preparado?
¿Preparado?

Bueno, ¿por qué no? Hoy es un día peligroso en Las Vegas. Mil policías salen de la ciudad, cruzan el aeropuerto en grupos de tres y seis. Vuelven a casa. La conferencia sobre la droga ha terminado. El vestíbulo del aeropuerto hormiguea de animadas conversaciones y cuerpos. Vasos de cerveza y Bloody Marys. De vez en cuando hay una víctima de sarpullido a causa de los tirantes de la funda sobaquera. Ya no tiene sentido ocultar el asunto. Que se quede colgando... o al menos aireemos un poco la zona.

Sí, gracias, es usted muy amable... creo que reventé un botón de los pantalones... espero que no se me caigan. No quiero que se me caigan los pantalones en este momento. No sería oportuno.

No, joder. Hoy no. No aquí, en mitad del aeropuerto de Las Vegas, en esta mañana de sudor, al final de la cola de esta gran asamblea sobre narcóticos y drogas peligrosas.

«Cuando el tren... llegó a la estación... la miré a los ojos...»

Qué música desagradable la de este aeropuerto.

«Sí, resulta difícil decirlo, resulta difícil decirlo cuando todo tu amor es en Vano...»

De vez en cuando, te cae uno de esos días en que *todo* es en vano... un mal viaje del principio al fin. Y si de veras sabes lo que te conviene, lo que tienes que hacer esos días es acurrucarte en un rincón seguro y *observar*. Quizá pensar un poco. Recostarte en una silla de madera barata, aislada del tráfico, y arrancar hábilmente las tapas de cinco o seis Budweisers... fumarte un paquete de Marlboro, tomar un bocadillo de manteca de cacahuetes y, por último, hacia el atardecer, tomar una pastilla de buena mescalina... luego salir en el coche hasta la playa. Llegar hasta las olas, en la niebla, y chapotear por allí con los pies helados a unos diez metros de las olas... cruzándose con pequeñas aves estúpidas y cangrejos, y de vez en cuando un gran pervertido o un desecho lanudo que se aleja cojeando y que vagan solos detrás de las dunas y de la basura que deja el mar...

Éstas serán las gentes a las que no se te presentan como es debido... al menos si tu suerte aguanta. Pero la playa es menos complicada que una hirviente mañana de ayuno en el aeropuerto de Las Vegas.

Yo me sentía muy lúcido. ¿Psicosis anfetamínica? ¿Demencia paranoide?... ¿Qué *es*? ¿Mi equipaje argentino? ¿Esta cojera que hizo que me rechazaran en tiempos en el Centro de Instrucción de Oficiales de la Reserva de la Marina?

Sí, realmente. ¡Este hombre nunca podrá caminar como es debido, capitán! Tiene una pierna más larga que otra... No mucho. Tres octavos de pulgada o así, lo que significa aproximadamente dos octavos de pulgada más de lo que podía tolerar el capitán.

Así que nos separamos. Él aceptó un destino en el Mar de China y yo me convertí en doctor de periodismo Gonzo... y varios años después, cuando mataba el tiempo en el aeropuerto de Las Vegas aquella horrible mañana, cogí un periódico y vi cuál había sido el triste destino de aquel capitán:

CAPITÁN ASESINADO POR NATIVOS DESPUÉS
DE UN ASALTO «ACCIDENTAL» EN GUAM

(AOP) –*A bordo del portaaviones de la Marina norteamericana «Caballo Loco», en algún lugar del Pacífico* (25 de septiembre)– Toda la tripulación de tres mil cuatrocientos sesenta y cinco hombres de este novísimo portaaviones norteamericano se halla hoy de luto después de que cinco tripulantes, incluido el capitán, fuesen troceados como carne de piña en una bronca con la policía antiheroína del puerto neutral de Hong See. El doctor Bloor, capellán del buque, presidió unos tensos servicios fúnebres al amanecer, en la cubierta del barco. El coro de la Cuarta Flota cantó «Tom Thumb's Blues»... y luego, las campanas del barco doblaron frenéticamente y los restos de los cinco hombres fueron quemados en una calabaza y arrojados al Pacífico por un oficial encapuchado conocido sólo como «El Comandante».

Poco después de terminados los servicios, los tripulantes empezaron a pelear entre sí y quedaron cortadas por un período indefinido todas las comunicaciones de la embarcación. Portavoces oficiales del cuartel general de la Cuarta Flota de Guam declararon que la Marina no quería hacer «ningún comentario» sobre la situación, pues estaban pendientes de los resultados de la investigación a alto nivel realizada por un equipo de especialistas civiles dirigidos por el antiguo fiscal de distrito de Nueva Orleans James Garrison.

... ¿Por qué molestarse en leer los periódicos si lo que ofrecen es esto? Tenía razón Agnew. Los de la prensa son una pandilla de maricas crueles. El periodismo no es ni una profesión ni un oficio. Es un cajón de sastre para meticones e inadaptados... acceso falso al lado posterior de la vida, un agujero sucio y meado desechado por el supervisor del editorial, pero justo lo bastante profundo para que un borracho se acurruque allí desde la acera, y se masturbe como un chimpancé en la jaula de un zoo.

14. ¡ADIÓS A LAS VEGAS...! «¡DIOS SE APIADE DE VOSOTROS, PUERCOS!»

Mientras andaba por el aeropuerto, me di cuenta de que aún llevaba la tarjeta de identificación policial. Era un liso rectángulo anaranjado que decía: «Raoul Duke, investigador especial, Los Ángeles». La vi en el espejo del urinario.

Líbrate de ese chisme, pensé. Arráncalo. Este asunto ha terminado... y no demostró nada. Al menos para mí. Y, desde luego, tampoco para mi abogado (que también tenía una tarjeta de identificación), pero él estaba ya en Malibú curando sus heridas paranoides.

Había sido una pérdida de tiempo, un montaje inaceptable que era únicamente (visto a distancia) una mala excusa para que mil polis pasasen unos cuantos días en Las Vegas a costa de los contribuyentes. Nadie había *aprendido* nada, o, al menos, nada nuevo. Salvo quizá yo... y todo lo que yo había aprendido era que la Asociación Nacional de Fiscales de Distrito llevaba unos diez años de retraso respecto a la amarga verdad y las crudas realidades cinéticas de lo que ellos hacía poquísimo que habían aprendido a llamar «la cultura de la droga, en este loco año de nuestro Señor de 1971».

Aún siguen sacando a los contribuyentes miles de dólares para hacer películas sobre «los peligros del LSD», en un momento en el que todo el mundo sabe (todo el mundo menos los polis) que el ácido es el Studebaker del mercado de la droga; la popularidad de los psicodélicos se ha hundido tan drásticamente que la mayoría de los grandes traficantes ya no manejan siquiera ácido o mescalina de calidad salvo como un favor a clientes especiales: principalmente cansados diletantes de la droga que pasan de los treinta años... como yo y mi abogado.

Hoy el gran mercado son los depresores. El seconal y la heroína... y pociones infernales de mala hierba nacional espolvoreada con cualquier cosa, desde arsénico a tranquilizantes para caballos. Lo que hoy se vende es cualquier cosa que te *machaque del todo*, cualquier cosa que te cortocircuite el cerebro y lo bloquee durante el mayor tiempo posible. El mercado del gueto florece ahora en las zonas residenciales. El tipo del meprobamato[1] ha pasado, como una especie de venganza, a la inyección intramuscular e incluso a inyectarse en la vena... y, por cada ex adicto a la anfetamina que se deja arrastrar, buscando un respiro, a la heroína, hay doscientos chavales que pasan directamente del seconal a la aguja. No se molestan siquiera en probar el speed.

Los estimulantes ya no están de moda. La metanfetamina es casi tan rara, en el mercado de 1971, como el ácido puro o el DMT. La «Expansión de la Conciencia» se fue con Lyndon B. Johnson... y es importante destacar que, históricamente, los depresores llegaron con Nixon.

Subí renqueando al avión sin más problema que una oleada de vibraciones desagradables de los otros pasajeros... pero tenía la cabeza tan quemada por entonces que me hubiese dado igual subir a bordo completamente desnudo y cubierto de chancros supurantes. Habría hecho falta un gran derroche de fuerza física para sacarme de aquel avión. Estaba ya tan lejos de la simple fatiga, que empezaba a sentirme tranquilamente adaptado a la idea de la his-

---

1. Tranquilizante suave utilizado en el tratamiento de los estados de ansiedad y como relajante muscular. Puede producir adicción. *(N. de los T.)*

teria permanente. Sentía como si el menor malentendido con la azafata pudiera volverme loco o hacerme empezar a dar gritos... y la mujer pareció percibirlo, pues me trató con mucha amabilidad.

Cuando quise más cubitos de hielo para mi Bloody Mary, me los trajo enseguida... y cuando se me acabaron los cigarrillos, me dio una cajetilla de su propio bolso. Sólo se puso algo nerviosa cuando saqué un pomelo de la bolsa y empecé a partirlo con un cuchillo de caza. Advertí que me miraba atentamente, así que intenté sonreír.

—Nunca voy a ningún sitio sin pomelos —dije—. Es muy difícil conseguir uno verdaderamente bueno... salvo que uno sea rico.

Asintió con un gesto.

Le lancé la mueca/sonrisa de nuevo, pero resultaba difícil saber lo que estaba pensando. Sabía que era muy posible que hubiera decidido ya hacer que me sacaran del avión en una jaula cuando llegáramos a Denver. La miré fijamente a los ojos un rato. Pero ella permaneció inmutable.

Estaba dormido cuando nuestro avión tocó tierra, pero la sacudida me despertó al instante. Miré por la ventanilla y vi las Montañas Rocosas. ¿Qué diablos estoy haciendo *aquí?*, me pregunté. No tenía ningún sentido. Decidí llamar a mi abogado lo antes posible. Pedirle que me mandara dinero para comprar un enorme doberman albino. Denver es un centro de distribución nacional de dobermans robados; llegan de todos los rincones del país.

Dado que ya estaba allí, pensé que podría aprovechar para conseguir un perro bravo. Pero antes, algo para mis nervios. En cuanto aterrizó el avión, corrí a la farmacia del aeropuerto y pedí a la dependienta una caja de amyls.

Empezó a menearse y a mover la cabeza.

—Oh, no —dijo al fin—. No puedo venderle *esas* cosas sin receta.

—Lo sé —dije—. Pero mire, yo soy *doctor.* No necesito receta.

Seguía impacientándose.

—Bueno... tendrá que enseñarme alguna tarjeta de identificación –gruñó.

—Claro, claro.

Saqué la cartera y le permití ver la falsa placa policial mientras buscaba entre los papeles hasta encontrar mi Tarjeta Eclesiástica de Descuento que me identificaba como Doctor de la Divinidad y Ministro Titulado de la Iglesia de la Verdad Nueva.

La inspeccionó atentamente. Luego me la devolvió. Percibí un respeto nuevo en su actitud. Su mirada era más cordial. Parecía desear enternecerme.

—Espero que me perdone, doctor –dijo, con una linda sonrisa–. Pero tenía que preguntar. Tenemos algunos *freaks auténticos,* en esta ciudad. Adictos peligrosos. No se imagina usted.

—No se preocupe –dije–. Lo entiendo perfectamente. Pero padezco del corazón y espero...

—¡Con mucho gusto! –exclamó, y en cuestión de segundos estaba de vuelta con una docena de amyls. Pagué sin aludir siquiera al descuento eclesiástico. Luego abrí la caja y rompí inmediatamente una debajo de la nariz mientras ella observaba.

—Agradezca que su corazón es joven y fuerte –le dije–. Si yo fuera usted... jamás... ah... ¡santo Dios!... ¿qué? Sí, tendrá que disculparme ahora; siento que empieza a hacer efecto.

Me volví y salí tambaleándome en dirección al bar.

—¡Dios se apiade de vosotros, puercos! –grité a dos marines que salían del servicio de caballeros.

Me miraron pero no dijeron nada. Para entonces, iba ya riéndome a lo loco. Pero daba igual. Yo no era más que otro clérigo estúpido enfermo del corazón. Mierda, me querrán en el Brown Palace. Tomé otra buena ración de amyl, y cuando llegué al bar mi corazón rebosaba alegría.

Me sentía como una monstruosa reencarnación de Horatio Alger... un Hombre en Marcha, y estaba tan enfermo como para sentir una confianza y una seguridad absolutas.

ÍNDICE